JN216034

contents

イラスト：ddal　漫画：こいち
デザイン：安藤竜也（むしデザイン）

☆第一話　プロローグ

開かれた窓から、暖かな木漏れ日が降り注ぐ。窓枠や周囲の壁には複雑な陰影ができ、そよ風に吹かれて静かに揺らめいている。まるで、光と影の妖精たちが踊っているかのように。

そんな彼らのお祭りをうらやましく思ったのか、淡い水色の空から同じ色の花びらが一枚、風に乗ってひらひらと舞い降りてきた。窓の横にある白いカーテンもふわりと揺れて、彼らの踊りはますます、だけど静かに盛り上がっていく。日常の片隅で行われる、静かなお祭り。

ああ、なんて楽しそうな——って、そんなコトはどーでもいい。

何故なら俺は今、重大な困難に直面しているのだから……。


ここに、あと数年もしないうちに、きっと「可愛い」よりも「綺麗《きれい》」という言葉がより相応しくなるであろう少女がいる。髪を後ろで高く束ね、落ち着きのある紺色を基調とした服に身を包んでいる。

「ふふっ」

彼女は澄んだ瞳とつややかな唇に柔らかな微笑みをたたえると、無防備にも、その美貌を俺の目と鼻の先にまで近づけてきた。瞳の中にはいくつもの光がきらめき、更に深まった笑みからは艶《つや》のある声が漏れ、ほのかに温かく甘い香りが漂ってくる。俺は、彼女から視線を外すことができない。

そして少女は、まるで絹のような頬にしなやかな左右の四指をそっと添えて——。


自らの顔を、両側から思いっきり寄せて潰した。

「ふにいいぃぃぃぃぃーーーーっ♪」

俗にいう、「変顔《へんがお》」というヤツである。


「……」

花も恥じらう可憐な乙女が、俺の目と鼻の先でひょっとこのような顔をしている。コレを困難と呼ばずして、他になんと呼ぶ？　人生ってヤツは、本当に試練の連続だ。

さあ、どうする俺？　このまま笑っていいのか。それとも、決して笑ってはいけないのか……。

そんなとき。ベッドの上で笑いの衝動を堪《こら》えて震える子羊に、小さな救いの手が差し伸べられた！

「あは～っ♪」

俺の左耳をくすぐった、愛らしい声。その主は、ずっと俺とベッドを共にしている幼い女の子であった。純白の衣に包まれてあどけない微笑みを浮かべる姿は、まさに天よりの使い。

俺の口元は、おのずと緩んでいった。

「……あはっ。あははーっ」

「あはははは～んっ♪」

俺と女の子の、二人の甲高い笑い声が明るい部屋に響きわたる。そして変顔を披露していた少女も両手を離し、取り戻した美貌に穏やかな笑みを浮かべた。ほっぺに朱い指の跡がついてるけど。

「ふふふふふっ♪　Ятзо――」

続いて彼女がなんと言っているのか解らないのが残念だけど、俺達を見て喜んでくれていることは確かだ。三人の高い笑い声が重なり合う中、俺はひとり、ほっと胸をなで下ろしていた。

「Бялизъ――」

やがて、流れるような言葉を紡ぎ終えた彼女は長いまつげを伏せ、微笑みを浮かべた唇を再びゆっくりと近づけてきた。……そして俺の額に触れる、温かく柔らかな感触。

少女は同様に隣の女の子にも唇を落とすと、後ろ髪を引かれるようにゆっくりとベッドを離れる。それから最後にもう一度だけ振り返って笑顔を残し、木製扉の向こうへと静かに消えていった。


「……ふぅ」

思わず止めていた呼吸を再開する。ほんのりと甘い花の香りがする、暖かな空気を吸って吐く。

ああ、ドキドキしたー。

この短い間だけでも、前の一生分なんて優に超えているだろう回数を経験したが、あんな美少女にキスされてすぐ慣れろ、なんてどだいムリな話である。

まぁこんなこと、さほど長くは続くまい。今だけの「役得」と考えておくべきだ。

なにせ。

——今の俺は、赤ん坊だからな。

ちなみに、今も隣で無邪気に笑っている女の子も同じく赤ん坊であり……。

名前もまだ、判っていない。

☆第二話　我思う、故《ゆえ》に我あり

——まぶた越しに光を感じ、微睡《まどろ》みの中から自然と意識が浮かび上がる。

ピントのボケた視界に映り始めたのは、そろそろ見慣れてきた感のある白い天井であった。室内は柔らかな光と、適度に暖かく、そして静かな空気に包まれている。

「うぅ……」

今日はいつだろう、と呟こうとしたが言葉は出ず、その疑問も今の俺には無意味であることを思い出して、代わりにため息をひとつ。時間はもちろんのこと、そもそもこの世界の暦すら知らないのだ。当然、学校や仕事なんてモノもない。

毎日がエブリデイ、ただそれだけある。

ニートばんじゃーい、心の中でいたくローテンションに諸手《もろて》を挙げていると。

「あぅ～？」

俺の左耳を、なんとも可愛らしい声がくすぐった。目線を動かすと、今日も天使のような赤ちゃんが俺の隣で寝そべっているのであった。

「おぉー？」

「きゃ～っ♪」

起きたかい？ と声をかけてみると、「起きたよぉ～」と言わんばかりの、コレまた可愛らしいお返事が。うん、おはよう天使ちゃん。

既に昼を回っているかもしれないけど、これも赤ん坊業界の挨拶というコトで大目に見てくれ。

それにしても、言葉でなくても意外と通じるものだな。単に、俺の声に反応してくれただけかもしれんが……。

今の俺は、起きるたびに日中だったり夜だったりと、時間の感覚がサッパリパリのすっぽんぽーんである。起きていられる時間も限られていて、あぁーやっと起きれたーと思いながら気が遠くなることもしばしばだ。

まあ、部屋の中は常に適温だし、このベビーベッドがふかふかで非常に寝心地がいいというのもあるんだろうけど。

「うぅうー？」

「あ〜っ♪」

ご機嫌だねベイビー？　と聞いてみると、ご機嫌だよ〜、と返してくれた……ような気がする。

実際のところはともかく、ひとりじゃないって実感できるだけでもずいぶんと気持ちが楽になるよ。


「俺」の意識が目覚めたときから、この子はずっと俺の側にいる。身体の大きさはほぼ同じようだが、俺との関係はまだ不明。

近所の子だとしたら横にいない時間もあるハズだし、兄弟だったらなんで同じ大きさ……ああ、もしかすると双子かな？　だったら嬉しいな。

大抵は視界の端っこにかろうじて映っているだけだが、常に俺のすぐ側にいる気配や体温が確かに感じられるのは、他の何よりも圧倒的な安心感をもたらしてくれる。こうしてお喋りができると、なおさらだ。

広くて明るくて暖かく、環境そのものはいたって快適。訪れてくれる人もすごく優しい。

だが、右も左も時間の経過も分からず、身体は手足どころか首さえまともに動かせない。そんな状況で、もしもたった一人だったとしたら――。

「……」

あまりネガティブな想像はよそう。

「ぅあ～？」

「うーぅー」

どうかしたの～？　と心配してくれるような声色に、なんでもないよー、と返しておく。

いつかどこかで、赤ん坊どうしが話をする映画を見たことがあるような気がするけど、まさかこの身をもって体験することになるとは……。まさに「事実は小説よりも奇なり」である。

「あはーはー」

「ああ～ん」

声に出して笑うと、隣の子も愛らしい声を上げて笑ってくれた。とっても心が和《なご》むなあ。

どうやら部屋の窓が開いているらしく、かすかに花の香りを含んだそよ風が顔をなでた。爽やかでいてほんのりと甘い、なんの花かは知らないがいい匂いである。そしてそよ風と共に、染みひとつない白い天井に映った光がオーロラのごとく揺らめいている。たぶん、窓は開いているがカーテンは閉じてあるんだろう。

俺と同じように心地良さを感じたのか、横の子も嬉しそうな声を上げた。

「ふぅ」

……さて、と。

あんまり頭を使うとズキズキと痛くなってくるんだけど、どうせできることも限られているし、あんまり無理をしなければ脳のトレーニングにもなるハズ。むしろ、今のうちに自分の置かれている状況を観察・把握しながら、少しずつ頭の中を整理していくべきだろう。

今となっては「我思う、故に～」というあいまいな根拠以外に示しようがないけど、「俺」という人間——日本人は、確かに存在していた。……そのハズである。

親や友達の顔はもちろん、近所の家やコンビニ、いつもの電車から見えた街並み——は、なんとなくとしか覚えてないな。

ところで、アレはいつだったかなー？　駅のホームから見える遊技場の「パ」の電気が消えていて、思わず飲みかけのコーラを思いっきり噴いてしまったことがあった。それで、隣で電車を待っていたＯＬ風のお姉さんにくすくすと笑われてしまったことを、今でもよーく覚えている。

そんな、他にもいっぱいある記憶や想い出がすべて「胡蝶の夢」だったなんてことは考えにくいし、考えたくもない。とはいえ、こうしてココにいる赤ん坊らしき「俺」だって、今まで何度寝て起きても相変わらず存在している以上は、これもまた夢であるとは考えにくい。手もまだロクに動かせないから、ほっぺをつねってみたことはないけどさ。

そして「実は全部バーチャルリアリティでした！」なーんてオチも、俺の知る当時の技術レベルでは不可能だったとくれば、他に思いつくのは——。


「ʌыбυŋcー？」

かすかに頭痛を感じ始めたところで、恐らくは扉の向こうから、控えめなノックと共に女の子の声が聞こえてきた。扉越しでもよく通る、いかにも明るい性格をしていそうな甲高い——いわゆる

「アニメ声」。だけど俺達が寝ているかもしれないと思ってか、その大きさはずいぶんと抑えられている。

……なんと言っているのかは、相変わらず謎のままだが。

「Йэ∂г～ŋ」

天井のオーロラに目が行ったところでまたその子の声がして、部屋の中に入ってきたような気配を感じた。タイミングを外してしまったが、返事くらいはしておくかな。

「ううーっ」

「あ～ぅ♪」

すると、隣の天使ちゃんもまるで見計らったかのように声を重ねてきた。とてもいい子だ。頭をなでてあげられないのが残念だよ。

「あはっ♪」

ほどなくして、柔らかそうなボブカットをしている女の子の顔が、天井を向く俺の視界の隅からひょっこりと現れた。声を聞いた時点で分かっていたが、ポニーテールの少女とはまた別の子である。頭には彼女とおそろいらしきカチューシャをつけており、首元を見るに、服装もほぼ同じみたいだ。

濃紺色のブラウスに、フリルのついた白いエプロン。そして白のカチューシャ。

俺の記憶が確かならば――彼女達の格好には微妙な違いがあるものの、総括すればいわゆるひとつの「メイド服」と呼ばれるコスチュームに限りなく似ていた。

というか、そのようにしか見えなかった。

ちなみに、この子はエプロンにピンクの柄をあしらったり、今はベッドの下で見えないけど、スカートの裾には何かの動物のアップリケをつけたりもしている。それでも怒られないらしいところを見るに、けっこう自由な家風らしい。

「Ⴑτюбкъ――」

まるで小さいひまわりのような満面の笑みを咲かせると、キュートな八重歯がチラリと覗く。女の子はやや間延び気味の声で楽しそうに何やら話しかけながら、俺と天使ちゃんの頭を交互になでなでしてくれた。小さく、柔らかな手が気持ちいい。

パッチリとした大きな瞳と幼さの残る顔立ちからして、まだ小学生くらいだろうか？　ベッドを囲う木の柵《さく》から出している顔の低さから見ても、たぶんそのくらいだろうと思われる。

だがそれでも可愛い女の子であることに間違いはなく、眩しいほどの笑顔で頭をなでられて思わず頬が緩んでしまう。俺は隣の天使ちゃんと一緒に、恥ずかしいながらも半ば本能的に喜びの声を上げた。

「あはー♪」

「ああ～ん♪」

赤ん坊にとって、ハッキリとした意思表示は必要不可欠。いわば、これが俺の仕事なのだ。

「あはっ！」

俺の羞恥プレイが報われたようで、メイドちゃんはますます嬉しそうに顔をほころばせて笑ってくれた。黄色みを帯びた目を細め、オレンジとピンクを混ぜ合わせたような色をしたショートの髪が揺れる。

それだけでもインパクトは申し分ないのだが、彼女には更にその上を行くモノがあった。

三角形の輪郭に、見るからに柔らかそうな産毛が生えそろっている。外側は綿雪のように白く、内側は健康的で温かみのある桜色。小さな頭の左右からそれぞれ飛び出しているソレは、あたかも彼女の感情を表しているかのように、ぴくぴくと動いていた。

——どう見ても、「ねこ耳」です。

しかも背後には、白いしっぽまでもがチラチラと見え隠れしているというオマケつき。

まことにありがとうございます。


「ほふぅ……」

ビックリして思わず泣いてしまうことがなくなった今でも、見るたびに感動のため息が漏れてしまう。雅《みやび》に表現するならば「いとをかし」である。……だって、本物だよ？

こんな子が実は、日常生活の中でもキャラ作りに余念がない、筋金入りどころか鉄筋コンクリートの入った超一流のコスプレイヤーさんだというなら——って、本当にそうだったら尊敬するよ。

そもそも、もう一人のポニーテールちゃんの髪も空のように明るい水色をしていて、二人とも俺の知っている「常識」とはあまりにかけ離れているのだから。

窓から入ってくる風に、明るい色のボブの髪がふわふわと揺れている。光を透かすとまるで宝石のようにきらめき、どれだけ間近で見ても人工的な感じがまったくしない。目の色はカラーコンタクトで説明できるとしても……その中心にある虹彩が、わずかに縦に長いだ円形になっていることの説明にはならない。もう一人のポニーテールちゃんは普通に丸かったから、なおさらだ。

それに加えて、ぴくぴくしている耳や、ゆったりと揺れているしっぽの動きも非常に精細で滑らかだ。機械で再現できるとは思えん。

と、なれば。

――恐らくここは、地球ですらない。同じ宇宙かどうかも怪しい。

本当にマンガみたいな話だが、ほぼ無限に存在するという「並行世界《パラレルワールド》」のひとつ。もしくは、まったくの「異世界」であると思っておいた方がいいかもしれない。

そんな世界に、俺は前世の記憶を持ったまま産まれてきた、というワケだ。

「……」

ところで、「俺」って。

いつ、どうやって死んだんだろうな？

死の苦痛を覚えていない、というのはラッキーなのかもしれない。だが、俺の記憶にある家族や友人達は。

俺が死んで……やっぱり、悲しんでくれたのかな。

そして、ちゃんと乗り越えてくれたんだろうか——。

「……ふぇっ」

「はわっ⁉」

俺の顔を見て、女の子のねこ耳としっぽがピンと逆立つのが見えた。直後、すぐに視界がにじんでグチャグチャになってくる。

い、いかん。この身体のせいか、いったん感情が昂《たか》ぶると抑えが……。

「きゃう……」

なぜか、隣の天使ちゃんが付き合ってくれるようだ。本当にいい子だなあ。

その声に嬉しく思いながら、しかし爆発の秒読みは止まら……あぁぁあ、もうムリ！

面倒をかけるけど、これも赤ん坊の仕事ってコトで！

……せーのっ。

『うわあああああああーーーーーーん‼』

「はわわわわあ〜〜〜〜〜っ⁉」

さあ、小さなメイドちゃん。ここから先は君のお仕事だ。

俺達のこと、よろしく頼むよ。

Profile
赤ちゃんズ

名前：まだ秘密
性別：♂
年齢：生後数ヶ月
身長：めちゃちっちゃい
備考：前世の記憶を持つ超人的赤子

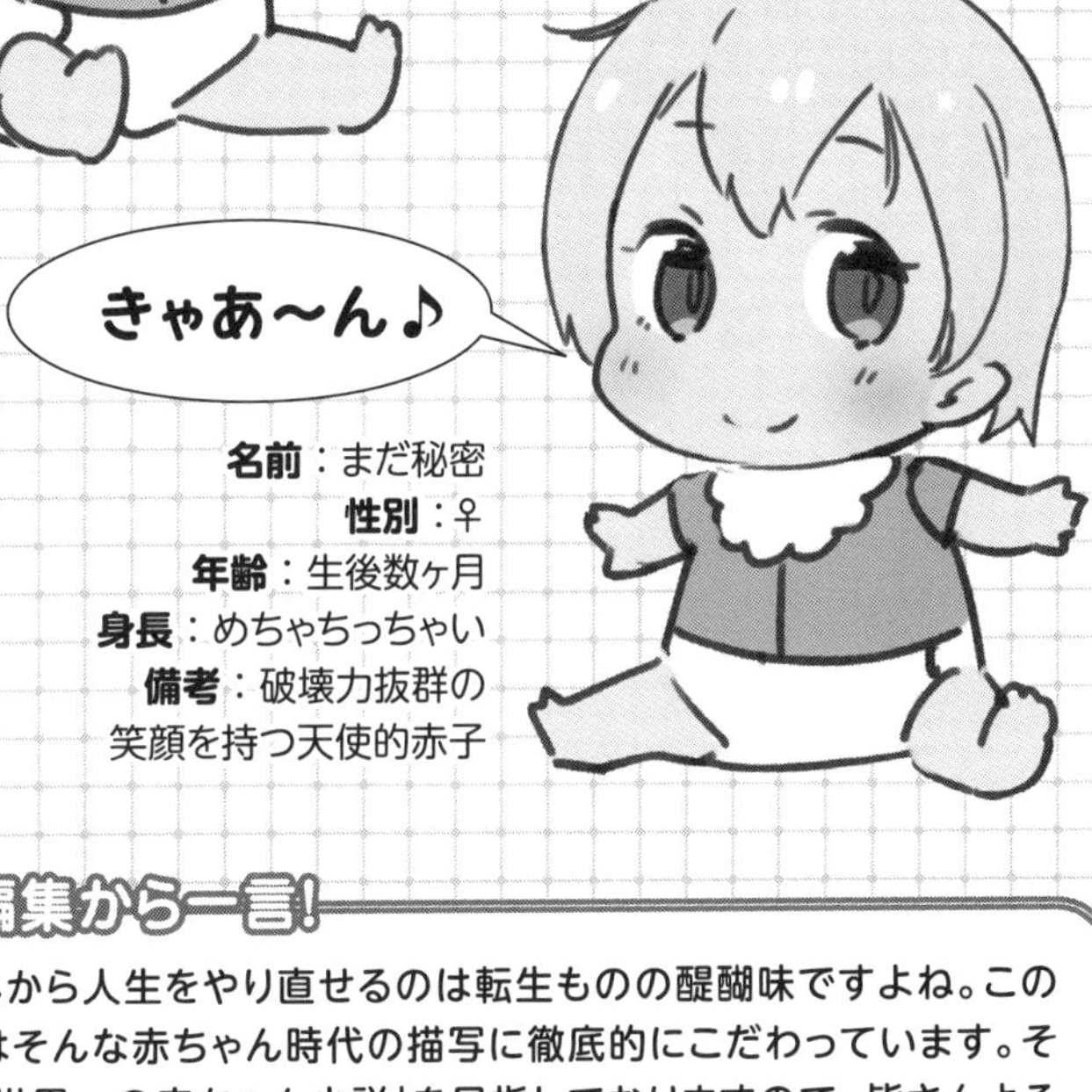

名前：まだ秘密
性別：♀
年齢：生後数ヶ月
身長：めちゃちっちゃい
備考：破壊力抜群の
笑顔を持つ天使的赤子

担当編集から一言！

赤ちゃんから人生をやり直せるのは転生ものの醍醐味ですよね。この作品ではそんな赤ちゃん時代の描写に徹底的にこだわっています。それこそ「世界一の赤ちゃん小説」を目指しておりますので、皆さんよろしくお願いします！

☆第三話　メイドさんのいる風景

――今日も暖かく、いい天気だ。

空色の髪をポニーテールにしたお姉さんと、オレンジのようなピンクのような色をしたボブカットの、小さなねこ耳ちゃん。今日はいつものメイドちゃんズが二人そろって、部屋の掃除をしてくれている。

「Хρоъз――」

「Яйー!」

お姉さんメイドから布を受け取り、ねこ耳メイドちゃんの背が急に高く――恐らくは台に上って、白くて長いしっぽを振りながらタンスの上を拭き始めた。その様子を見てお姉さんがうなずきながら、何やら優しく声をかけている。二人は見た目はまったく違うものの、まるで姉妹のように仲がいい。

陽だまりのように暖かくて明るい部屋の中、可愛い娘《こ》達の仲良きことは、ほんに美しきかな。しかもそんな姿を眺めていると、二人一緒にこっちを向いて笑いかけてくれた。まことに眼福である。

俺もありがとうの気持ちを込めて、できる限りの笑顔で応えよう。

「あぅあーっ♪」

「あ～あぁ～ん♪」

俺と一緒に、横にいる天使ちゃんも愛らしい声を上げて無邪気に笑った。まさにエンジェル。そして俺達の笑顔を受け取って、二人のメイドちゃんズもますます笑顔の花を咲かせてくれた。

「あーぉ」

「あ～ん」

最近になって、ようやく動かせるようになってきた首を天使ちゃんに向ける。まったく、なんて重たい頭だ。

しかし彼女もつぶらな青いおめめを顔ごと俺に向け、眩しいほどのエンジェリックスマイルをくれた。それだけでも大変だということを知っているだけに、本当に嬉しい。

それにしても……俺とこの子って、やっぱり双子なのかね？　今も俺の「ありがとう」の気持ちに「どういたしまして」と応えてくれたように感じたし。

俺が兄貴になるか弟になるかはまだ分からないけど、そうだったらいいな。

「……うーっ」

俺は更に頑張って、どうしても縮みがちな手を伸ばしてみる。すると彼女も小さなおててを一生懸命に伸ばしてくれて、俺の手をしっかりと掴んだ。そしてまた、無垢な笑顔を見せてくれる。

「あぁ～う♪」

「……」

ずっと一緒に並んで寝ていたのに、ようやく自分の意思で届くようになったこの手。ぷにぷにした感触と、赤ん坊特有だろう高い体温が直接伝わってきて、とても幸せな気分になる。

健やかに育ってほしいね。……って、俺もか。

「ふふふっ」

「あはっ」

そんな俺達のことを、メイドちゃんズがずーっと見つめていたことに気づいたのは、もうしばらくしてからのことだった。

そして――。

「う、うぅーっ」

手、そろそろ離してくれないかな？　いつもは縮めっぱなしな腕を伸ばしてるから、けっこう疲れるのよコレ。

「ああ〜ん♪」

い、いや、ああーんじゃなくってさ……。


「……はふぅ」

すったもんだの末、ようやく離してもらえた。ちょっと泣きそうになったけど、頑張ったぜ。

やっぱり、両手を幽霊みたいにしている状態がいちばん落ち着くね。うん。

俺は左腕に残った痺《しび》れが取れるのを待ちながら、二人の若きメイドちゃんコンビの仕事っぷりを眺めている。少しは自分で首が動かせるようになってきて、視界が広くなった。そういったこともあり、俺は起きていられる短い時間を、ごく簡単なコミュニケーションや周囲の観察に費やしていた。

なにしろ、右も左も判らない謎の異世界だ。さっそく地球とは異なる点も見つかっている以上、限られた空間の中でも可能な限りの情報を集めなければならない。

視力の弱い目を凝らし、俺は改めて辺りをじっくりと見回す。これが生まれついての近眼なのか、それとも赤ん坊のせいでまだ視力が未発達なのか……ちょっぴり不安に思いながら。

まずは、俺のいるこの部屋そのもの。

ピントの合わない今の目にも、この部屋がけっこうな広さと天井の高さを誇っていることが分かる。天井は高く、もしメイドちゃんズ二人が肩車をしても手が届かいだろうなーと思うほど。どこかで「家の天井が高いと大物に育つ」みたいなことを聞いたような覚えがあるけど、俺も天使ちゃんも将来は大物になれるかな？

広さもさすがに学校の教室ほどじゃないが、畳でいえばたぶん十二畳くらいはありそうな感じだ。赤ん坊の部屋にしては、ちと贅沢《ぜいたく》すぎではないだろうか……。

だが、ココでメイドちゃんズの存在である。

外が真っ暗でも俺達が泣けばすぐさま飛んできてくれるところから、彼女達はすぐ近くの部屋に寝泊まり、つまり住み込みで働いていることは明らかだ。

この部屋とメイドちゃんズ。そのふたつだけでも、この家がそれなりの富裕層――あるいは、貴族に類する身分を持っているのではないかと推測できる。

次に室内。全体的に白を基調にしていて、床には絨毯《じゅうたん》が敷いてある。今はベビーベッドに寝ているから見えないが、抱っこしてもらったときに見た。その絨毯をねこ耳ちゃんがお掃除中で、白くて長いしっぽが上を向いてベッドの柵越しにくねくねと揺れ動いている。付け根には大きなリボンを巻いていて、それがまたキュートだ。いつか触ってみたい。

それから左の壁沿いにはいくつか木製らしきタンスがあって、手前には柔らかそうなソファー。そして右側には、今は誰もいない大人用のベッドが壁に沿って置かれている。隅っこの壁の一部だけがレンガっぽくなっているのだが、何か意味があるんだろうか？　まさか、壁を崩すと秘密の地下室への入り口が……って、そんなワケないか。

俺の足元のずっと先を見ると白いカーテンのついた大きな窓があり、彼女達が出入りする扉は、反対に頭の向こう側にある。頑丈そうな木のドアでノブの位置も高く、今の俺が自力で出入りするのは不可能だ。

つまり俺達が寝ているこのベッドは、部屋のほぼ中央に置かれているワケだな。

更に家具についてもう少し見てみると、意外にも日本の家具屋に行けば普通に売っていそうなモノのように思えた。どれも木の素材感を活かしたシックなもので、いかにも「お貴族様」的な――例えば、金ピカだったり精緻《せいち》な彫りものが施してあったり、なーんてことはない。ちょこんとぬいぐるみなんかも置いてあるしな。なんの動物かは分からんけど。

このベビーベッドだって、俺と天使ちゃんが並んで寝ていてもなお余裕がある広さがあるのはスゴイけど、それを除けば特に変わったところはなさそうだ。天蓋《てんがい》もついていなければ、天井からくるくる回るオモチャみたいなのが吊り下げられているワケでもない。

ところで天蓋って、相撲の土俵の上にある紫の垂れ幕に似てるよな？　そこに、赤ん坊をあやすオモチャの代わりに「満員御礼」の幕でも下がっていたら……くだらん想像はやめよう。

しかし「メイド・イン・ジャパン」に見劣りしないとなれば、それだけでも十分すぎる品質だと思う。わりと高級品かもしれない。

「あ～う？」

「おー」

キョロキョロしているとまた天使ちゃんと目が合い、「どうしたの？」とばかりに声をかけてくれた。可愛い子だ。

頭をなでなでしてあげたいが、あいにくとまだそこまでは手が届かないし……また掴まれると困るしな。気持ちは嬉しいのだが、やっと痺れが取れたばかりなのだ。手を繋ぐのは、今は一日一回ということで勘弁してくれたまえ。

ということで、代わりににっこりと微笑みかけることにする。

「あははー♪」

「きゃあああぁあ～ん！」

おおっと、思った以上に喜んでくれた！　もみじのような両手を振って、満面の笑みを見せてくれている。俺もますます笑顔になって、むしろ俺の方が得したような気分だ。

続いて俺は、ポニーテールちゃんが「はーっ」と息を吹きかけながら拭き拭きしている窓の方に目を向けてみた。文字通りしっぽのように後ろ髪を揺らし、俺の知らないメロディを口ずさんでいる。

「〜〜♪」

キレイな声だなあ……って、それは置いといて。

窓の向こうは庭のようで、草の緑や花の色らしきものがチラホラと見られる。残念ながら今の俺の目にはその程度しか分からないのだが、どうやら「庭園」と呼ぶほどの規模ではないらしい……というくらいの見当はつく。奥には隣の家らしき色も見えるし、上の方は窓枠に隠れてしまうけど、かろうじて空の色もうかがえる。どうやら、そこまでの大貴族ではないらしい。

成長してから、当主争いやら領地経営やらといった面倒事を背負わされることはなさそうだと、密かに胸をなで下ろす。

そんなのは、どこかのマンガか何かの主人公がやればいいコトだ。俺にゃ荷が重いよ。

「……ぅ？」

拭き終わった窓の仕上がりに満足そうなメイドちゃんを見ていて、そこでふと気づいた。窓ガラスがキレイなのだ。

いや、たった今拭いてくれたんだからキレイなのは当たり前だろう……って、そういう意味じゃない。かなり透明度が高そうなのだ。

詳しいことはよく知らんが、それってかなりスゴくない？　なんとなくＲＰＧみたいな中世ヨーロッパ風の世界かと思っていたけど、想像以上に文明レベルが高いかもしれん。メイドちゃんズのエプロンドレスのフリルとか、けっこう凝ってるしな。

ひょっとすると、「剣と魔法」のファンタジー的な世界ではなく、「鉄と蒸気」のＳＦ的な世界という可能性もありそうだ。もし「魔法」があったら最高だな！　なーんて思っていたから……ちょっと残念かも。

だがスチームパンクも、それはそれで男心をくすぐるな！

うぅむ、気になる――。

「……ふぁ」

あぁ、急に疲れて眠たくなってきた……。今日はこのくらいにしよう。赤ん坊の頭に大人レベルの思考作業は、けっこうしんどいのだ。

今から要《い》らんムリをして、俺の脳が残念《おーのー》になったら困る。気をつけねば。

「Птцεəー?」

俺のあくびが聞こえたようで、ベッドの周りでしっぽだけを覗かせていたねこ耳ちゃんが、不意に下からひょこっと顔を出した。すぐ近くにいたみたいだ。左右から出ているねこ耳を動かしながら、柵越しに俺のことを見つめている。

しかしこの子の瞳もまた、宝石みたいな色でキレイだよなあ。耳も触りたい。

……そんなことを考えている間にも、眠気は容赦なく押し寄せてくる。

「はふぅ……」

なんとか返事をしたかったのだが……口から出たのはあくびだけ。まぶたも重くなり、明るかった世界に闇の帳《とばり》が下りてきた。

ああ、本日は閉店なりー。

「ふぁぁ……」

優しく頭をなでられる感触にほっとしながら、俺は意識を手放していく。

その中で、横から可愛らしい声が聞こえてきた。

「あぁ～ん」

うん。天使ちゃん、おやすみ……。

☆第四話　世界遺産は偉大です

これまで何度、繰り返しただろう？

起きたくなれば起き、眠たくなれば寝る。グータラしたい人にとっては天国のような生活かもしれないが、いつまで続くのかも分からないとなれば、それもいずれ苦痛へと変化するのだろうなーと思う。幸い、俺は隣の天使ちゃんと声をかけ合ったり、メイドちゃんズに構ってもらえたりしているのでさほど退屈ではないんだけどな。

「ふあー」

ポニーテールちゃんがキレイにしてくれた部屋に、雨の匂いをかすかに含んだ涼しい空気が流れてくる。最近はちょっと暖かすぎる日が続いていたので、ひんやりとした手で顔をなでてくれるようなそよ風が気持ちいい。日射しも穏やかだ。

「あ〜うっ」

左に首を向けてみると、天使ちゃんもご機嫌そうに笑って手足を動かしている。つぶらな蒼い瞳がこっちを向いたので、俺も「やっほー」と手をグーパーさせてご挨拶。

「きゃはああ〜ん♪」

おっ、もっと笑ってくれたぞ？　嬉しいねー。ずっと一緒にいるけど、なんか見るたびに可愛さが増しているよな。顔も体つきもふっくら具合が増してきて、それがまたイイ感じ。

写真も動画も撮れないことが、残念で仕方ない。

「あはー」

俺も釣られて笑顔になりながら、左手を斜め横に伸ばす。すると天使ちゃんも同じように手を伸ばしてくれて、俺の手を裏側からはしっと掴んだ。それをゆっくりと動かして、二人でにこにこと笑いながら握手遊びをする。

……それにしても、赤ん坊の成長速度には驚かされるな。

あまりの不自由さにヤキモキしていたこの身体も、寝て起きるたびにほんの少しだけ動かせるようになっていて、そんなちょっとした成長がとても楽しい。俺だけじゃなく、隣の子も同じように成長しているのを見ると特にね。

ポニーちゃんもねこ耳ちゃんも、ちょっとした時間の合間を見つけては俺達を楽しそうに眺めていたり話しかけたり、握手遊びやなでなでしたりもしてくれるけど、彼女達が常に笑顔を向けてくれる気持ちが俺にもよーく分かる。

そして日中だと、あまりに長い間そうしていたせいで他の誰かに部屋まで呼びに来られ、「しまった!?」という顔でパタパタと出ていく姿を見送るのも、これまた面白い。

「うー?」

開いている窓の外から、重々しい鐘の音が聞こえてきた。夜中以外、恐らくは定期的に鳴らされているらしいコレが時計代わりなんだろうね。とても分かりやすいし、なんとなく歴史というか、伝統的なものが感じられる。たぶん、どこかにでっかい時計塔があるんだろう。

「あぅ〜ん……」

ずーっとご機嫌だった天使ちゃんが、ここに来てなんとも切なげな声を上げた。握力も弱まり、するっと俺の手が抜けて離ればなれになる。

ああ、そんな顔をしないでおくれ。お兄ちゃんまで悲しくなってくるさね。

「あふぅ」

まあ、理由は分かっているんだけどな。俺も今、同じことを思ったから。

さすがは俺達、こんなところでも気が合うね!

「うぅぅ……」

アレとコレだけは、どーにも苦手なんだが……なんて言ってても仕方がない。こんなときもまた、隣の天使ちゃんがいてくれてよかったなーと思うよ。

早々に腹を括り、俺は既に涙目の天使ちゃんに急いで歩調を合わせる。

はいっ、せーの。


『うわああああああああーーーーーーん!!』


とても甲斐《かい》甲斐《がい》しく俺達の世話をしてくれるメイドちゃんコンビだけど、当然ながらこの家にいるのは彼女達だけではない。そして、二人には絶対にできないことがある。

そんなとき、俺達を助けてくれるのは――。


「Жə～Λə～Йзльv～♪」

かちゃりとドアの開く音に続き、ものすごーくおっとりとした癒《いや》し系ソプラノボイスが俺の耳に届く。その途端に、火のついた泣きたい衝動がすーっと消えていくのだから不思議だ。

「はあ～んっ♪」

隣の天使ちゃんは目に涙を溜めたままピタリと泣き止み、心から嬉しそうに笑っていた。

「……おぉ」

俺も、赤ん坊の本能に改めて感心しながら泣き止んで――俺達を覗き込む彼女に目を奪われた。

雨上がりの日射しを横から浴びる、金色《こんじき》の少女。背丈はそこそこあるようだが、その顔立ちはキレイ、というよりも可愛らしい。さすがにねこ耳ちゃんほど幼くはないだろうけど、ポニーちゃんと同じくらいか……ともすると、年下のようにも見える。

少女は純白のシンプルなブラウスを身にまとい、背後には柔らかく波打つ金の髪が広がっていた。春の木漏れ日を思わせる金色の温かなきらめきが、美しい少女を更に美しく飾り立てている。その髪が穏やかな風にふわりと揺れると、甘い花のような香りが辺りに漂って俺の鼻をくすぐった。肌はとても白く滑らかそうで、優しげな瞳はひたすらに蒼く蒼く透き通り、きらきらしている。

まるで一年中お花が咲き乱れる、おとぎの国からやってきたお姫様のようであった。

彼女はベビーベッドの柵に両手をかけ、上から俺達を覗き込んだ。ふたつの蒼い宝石の中に、俺と天使ちゃんの顔が並んで映し出される。

少女はひとつ瞬きをすると、瑞々しい桜色の唇に緩やかな微笑みのアーチを描いた。

「ふふっ。Tиγι～ϴυcx～」

花開いたような唇から、何やら優しげにささやいてくれるんだけど……残念なことに、俺はそれを理解することができない。だけど話しかけてくれること自体が嬉しく、鼓膜《こまく》をなでるような声には安らぎを覚える。

天使ちゃんも俺も、同じように笑顔を浮かべていた。

「きゃあ～ん♪」

「あーう」

にしても、いまだに信じがたいなぁ。

――このトンデモ美少女が、俺達の母親だなんて。

中学生くらいに見えるんですけど。

「うふふふ～♪」

俺達の喜びように、お袋はとても上品に微笑んだ。こんな美少女に「お袋」だなんて呼び方が似合わないのは百も承知だが、そうやって無理にでも自分に言い聞かせておかないといけない。

前世の記憶があるから、ただでさえ「家族」だという実感を持てないでいるのに……。

「んん～っ」

なんて考えている間に、カチャカチャと音を鳴らしてベッドの角にある金具が外され、横の柵が外側へと倒されていく。そして迫ってくる美少女フェイス。

思わずギョッと目を見開いてしまうが、お袋はくすりと笑うだけ。接近は止まらず、それどころか長い髪を片手で押さえながら、更に蒼い瞳をそっと閉じてしまった。鮮やかな桜色の花がいよいよ目前に迫り、俺も慌ててキツく目を瞑《つむ》る。

「……ちゅっ♪」

「あぅ」

おデコにキスされてしまいました。

それだけ、我が子を愛してくれているという証なんだろうけど……毎回される側としては、心臓に悪すぎる。次は隣の天使ちゃんにキスするお袋だが、俺の真上を横切るので、カーテンのような金色の髪となんとも甘い香りが覆い被さってくる。

そして柔らかな双子の女神様が、我が身の上に降臨なされた。むにょにょ～んと。

「……はふぅ」

しばしの呼吸困難の後、笑顔いっぱいのお袋が全身を起こす。辺りにはまだ、甘～い香りがいっぱい残っている。

しかし、コレで終わりというワケではない。更なるドキドキタイムの序章でしかないことを、俺はよーく思い知っていた。

メイドちゃん達はいっぱいお世話してくれるのだが、残念なことに万能というワケではない。といっても、彼女達に何か問題があるのではない。なにしろ、努力してどうこうできるモノではないのだから、仕方がないのである。

母親である彼女だからこそ、できるコト。

——すなわち、お食事《つぱい》である。

「うふふふ～」

のんびりとしたソプラノボイスが聞こえてくる更に上空で、お袋は白いブラウスの表面に両手を這わせた……の、だろう。たぶん。

なにしろ今の俺からは、お袋の手元も顔も、まったく見えていない。

下界から仰ぎ見えているのはただ、純白のヴェールに覆われたアルプス山脈のみ。しかもソレはお袋の両腕に挟まれ、形を変えてより正面に向かって「むにょ～ん」と押し出されているのである。

「……」

感触もスゴかったが、見た目も絶景だ。下から見上げているから特に……。

さすがは世界遺産。放牧がさかんである。

この身体のおかげか、ヨコシマな気持ちが湧いてこないのはヒジョーに助かる。しかし、だからといってヘーゼンと直視していられるような度胸も俺にはない。ムネだけに。

俺は重たい頭をゴロリと転がし、隣の赤ちゃんへと視線を退避させた。すると、母親と同じ色の瞳が俺に気づく。

こうして見ると顔立ちもよく似ているように思えるし、やっぱり親子なんだなあ。

「ああ～ん♪」

ああ、ほっとする～。

君のあどけない笑顔に、乾杯。

……さて。そうやってビミョーに現実逃避を試みながらも、上空では着実に本当の「カンパイ」が刻一刻と近づいていたそのとき。

予想外なことに、更にもう一杯――じゃなくって、もう一人の女性が入ってきた。

「Xoηλδ……？」

お袋様の横からぬっと現れたのは、またまたメイド服をまとった、ちょっとだけX軸方向にも貫禄のある女の人。お袋も可愛い顔のわりに背丈があるんだけど、その人は更にもう少し高い。歳はお袋達よりもかなり上っぽいが、それでも二〇代の前半くらいに見える。とても落ち着いた、大人の雰囲気をまとった女性である。

髪の色は赤っぽい茶色で、少し癖のあるベリーショート。瞳の色も日本人のように黒く、俺としてはかなり親近感が持てる。他の女の子達も意外と顔立ちに西洋っぽさを感じないから、髪と目の色と……あのねこ耳しっぽを除けば、けっこう親しみやすいんだけどな。

「ふふっ」

彼女は俺達を見下ろして母性あふれる微笑みを見せてくれた後、すぐにお袋の方に向き直って心配そうな顔に変わり、お袋の華奢《きゃしゃ》な肩に手を置いた。二人は年齢とは逆転した上下関係になるハズだが、その垣根を越えて仲が良さそうな感じを受ける。

それにしても、お袋には悪いんだけど……メイド服さえ着ていなければ、この人の方が断然「お母さん」っぽく見えるんだよなあ。正面にひらひらのエプロンを身につけていて目立たないハズなのに、それを思いっきり押し上げているロッキー山脈だって、お袋にまったく引けを取っていない。

さすがは同じ世界遺産。自然保護区が多い。

「ЯьтзКιоИ？」

「ЪгхтяЪ～」

白い天井の下、はるか高みでお袋達が話をしている。内容は分からないものの、心配顔のメイドさんと相変わらずにこにこしているお袋の様子。そして彼女の仕事内容などからも考えれば、おおよその見当はつく。

三人目のメイドさんである彼女は、日中のわりと限られた時間にしか姿を見せない。たぶん外から通っているのだろう。しかし、本来はお袋にしか担えないハズの仕事を、頻繁に肩代わりしてくれている。

いわゆる、乳母《うば》さんなのだ。

どうやら話し合いが終わったようで、メイドさんがベッドの周りを歩いて天使ちゃんの方に回っていくのが見えた。向こう側の柵も乳母さんによって外され、左右の壁が取り払われる。

大抵はどちらか一人なんだが……今日はポイント二倍デーらしい。

それでも天使ちゃんを見ながらじーっと待っていると、ついに上から影が差した。

「あう～ん♪」

「……」

天使ちゃんは嬉しそうに両手を伸ばしているが、見上げた俺はあまりの壮大さに言葉を失った。

……ああ。

きらきらと後光をまとった白い乙神《おとがみ》様と、陰になって対照的に黒っぽく見える母神《ははがみ》様が。

共に温かな目差《まなざ》しを注ぎながら、しなやかなお手を差し伸べてくださっている——。

皆既日食のニュースを見ても「ふーん」としか思わなかった俺でさえ、思わず目を奪われてしまう美しさであった。

ハレルヤ。

「ᒪτφ∂」

「Язвн～♪」

黒い母神様は天使ちゃんを、白い乙神様は俺を、ゆっくりと抱き上げる。

そして俺達はそれぞれ、あふれんばかりの愛情に包まれた。

「うぅー……」

正直、今でもかなり恥ずかしい。だが、必要なことなのだ。

彼女達の惜しみない優しさに感謝し、俺は心の中でそっと手を合わせた。


――いただきます。

☆第五話　強そうな名前だと思いました

部屋の中は明るいが、閉まっているカーテンの外は闇に包まれている。

こんな時間に手間をかけさせて申し訳ないと思いながらも、俺は緊急事態発生のため、わんわんと泣いてお袋に出動をお願いした。

『は～い、きれいになりましたね～♪』

……とでも、言ってくれたのだろうか。いつもののんびりとした口調で、お袋が微笑みながら天使ちゃんのお腹を優しくなでながら話しかけていた。天使ちゃんも愛らしい笑顔でそれに応えている。

「【セーレ】ちゃ～ん」

「きゃあ～ん♪」

メイドさん達もそうなのだが、特にお袋は俺達に頻繁に話しかけてくれる。しかもゆっくりと喋ってくれるため、何度も何度も聞いているうちに、ほんの一部ではあるが理解できるようになってきた。いちばん最初に分かったのは、俺達の名前である。

だって、いつも呼びかけてくれるから。

「うふふふ～。セーレちゃ～ん」

俺には決して使われないフレーズ。「ちゃん」という接尾語はまだ予想だが、お隣の天使ちゃんの名前は「セーレ」で間違いないだろう。柔らかい感じがして、この子にとてもよく合っているように思う。

お袋はセーレたんの名前を呼びながら、たまご肌のおデコに唇を落としている。

……俗にいうオタッキーな人が使っているようなニュアンスではなく、この子の愛らしさを前にすると、どーしても舌っ足らずな呼び方になってしまうのだよ。

「きゃあぁあ〜ん♪」

ああっ、なんて可愛いのかちら〜！　こんなに可愛かったら、誰だって赤ちゃん言葉になるぜ。実際に赤ん坊だしなー。

ノリノリでおててとあんよを踊らせて喜ぶセーレたんに隣でひっそりと萌えていると、お袋の蒼い瞳が俺の方を向いた。

「【ジャス】ちゃ〜ん」

「おーっ！」

夜でも眩しいほどの美少女スマイルで名前を呼ばれ、俺も笑顔でお返事をする。これまた薄々そうじゃないかと思っていたんだけど、どうやら俺の名前は「ジャス」というらしい。マジメな俺にふさわしい、なんとも規格に厳しそうな名前だな！

特に、食の安全に関して。

「うふふふ〜」

「……」

当たり前なのだが、お袋はにこにこしているだけでツッコんではくれなかった……。

そんなアホなことを考えていた俺に構わず、お袋は両手を伸ばして下の衣服を脱がしにかかる。

「うぅ……」

非常に恥ずかしいコトだが、それ以上に下半身が気持ち悪くて仕方がないので神妙にする。巻かれてるのはあくまでも普通の布であり、当然ながら高分子ポリマーなどといった、まるで何かの必殺技みたいなハイテク素材は使われていない。故にムレムレ。

飲んだら出る。これもまた、自然の摂理なのだ……。

「うー」

なーに、天井の染みでも数えているウチに終わるさ。

染みなんて、ひとつもないんだけどなー。

「Йы～Эпνζ～」

あらまあ、いっぱい出まちたね～……なんて言われているのだろうか。だが既に無我の境地に達している俺は、全身の力を抜いてなすがママになる。

メイドちゃん達にだって、それはもう何度もじ～っくりと見られているのだ。今だって、カゴを持ったポニーテールちゃんが横から作業をじーと覗き込んでいるし、今更である。

それにしても……こういうとき、セーレたんよりも俺の方が見られている割合が多いように感じるのは、気のせいだろうか？

「ふわぁ♪」

やがて不快の元が取り払われ、得も言われぬ解放感が訪れた。一仕事が終わった後の生ビールって、ひょっとするとこんな気分なのかねえ。

その間にお袋は例のブツをポニーテールちゃんに渡すと、代わりにお湯で軽く濡らしたタオルを受け取り、キレイにしてくれる。

でもコレ、相当にくすぐったいんだよなあ。

「あぅ、うぅう……！」

プルプルと震えが止まらんが、な、なんとかガマンだ……。そんな俺の姿を見て、二人がくすくすと笑っている。いやあー、お姉さん達がいぢめるぅー！

とまあ、ジョーダンはともかく……使用済みオムツに触れても、二人はイヤそうな顔ひとつしない。今はこの場にいないが、それはねこ耳ちゃんも乳母さんも同じだ。いくら赤ん坊のでも、いい気なんてしないだろうに。

母親が赤ん坊の世話をするのは当たり前だと思っていたけど——まあ確かにそうなんだけど、実際にやってもらう立場になって、その大変さとありがたみが身に染みてよーく分かったよ。

……ホント、彼女達には頭が上がらない。

「ちゅっ♪」

「あうっ」

なんとか耐えきってスッキリしたのもつかの間、お袋からセーレたんと同様に言葉をかけられると、なぜか俺は口の先にキスをもらってしまった。コレも初めてじゃないけど、やっぱ照れる……。

だが、顔を赤くしている場合ではない。

粗相をしてしまったオムツを替えてもらったのだ。なんとか感謝の気持ちを伝えなければ。

だから、まだ言葉を話せない俺は思いっきり笑う。ちょーっと、恥ずかしいけどな。

「あはーっ♪」

「きゃあああ〜んっ♪」

先にオムツを替えてもらってご機嫌なセーレたんと一緒に、会心のベイビースマイル。

すると、青いポニーテールのメイドちゃんと金色の長い髪のお袋も、大輪の笑顔の花を咲かせてくれた。

「あはははっ♪」

「うふふふ〜っ♪」

二人は笑顔を見合わせ、更には手も握り合ってなにやら言葉を交わしている。意味は分からないけど、それでも喜んでくれていることはよーく分かる。よかったよかった。

彼女達には昼も夜も関係なくお世話してもらっているんだから、せめてこのくらいは……な？

☆第六話　使命と悩みに目覚めます？

あかね色の日射しが入ってくる夕方。ちょっと鮮やかすぎる光がカーテンによってさえぎられ、室内の白い明かりが部屋を覆う。

「……けっぷ」

限りなく柔らかいクッションに顔を半分埋《うず》めながら、背中を優しくさすられた俺がゲップする。

それを見届けると、俺を抱っこしていたお袋が微笑んだ。

「うふふふふ～♪」

「……うー」

俺、顔が赤くなっていないだろうか……。相変わらず、ご近所かイトコのお姉ちゃんだといった方が絶対にしっくりくる美少女である。そんな女の子に抱き締められ、あまつさえゲップをしてほめられる。赤ん坊でなければあり得ないシチュエーションだ。

今は乳母メイドさんがいないため、お袋が一人でポロリして俺達にご飯をくれていたところ。セーレたんは先に飲ませてもらって、今はベッドの上でご機嫌そうに手足を動かしている。

「きゃあ～ん♪　ああ～ぅ」

うん、いつ見ても可愛らしい。間違いなく金メダルだな！　……なんの種目かは知らんが。

「ジャスちゃ～ん、ΞιЮҬБ～」

「あーぅ」

なるべくお袋かセーレたんの顔を見るようにしていた俺のおデコに、お袋はキスを落としてからそっとベッドに戻してくれた。そしてにこにことお日様のような笑顔で、俺達のことを見下ろしている。

ところで、そろそろポロリしっ放しのアレを隠してほしいのだが……。

「セーレちゃ～ん。ジャスちゃ～ん」

「あ～ん♪」

「あーう」

やっとボタンを留めてアレを隠してくれたお袋が、ベッドの柵の上からずっと飽きることなく俺達の様子を眺めては、たまになでたり指先でつついたりしてくる。たったそれだけなのに彼女はとても楽しそうで、俺もセーレたんも釣られて楽しくなってくる。

こうされていると、やっぱりこの人が母親なんだなあーという実感が湧いてくるな。

「うふふふふ～」

交互に俺達の頭をなでてくれるお袋。手の感触がとても柔らかく、温かい。

とても安らぐひととき。だが同時に、俺の心の中をじょじょに不安が蝕《むしば》み始めていたのだった。

皮肉にも……お袋の手の感触が、あまりにもダイレクトに感じられるが故に。

「うふふ～」

「うぅぅ……」

　つまり――俺の毛が薄いのだッ!!

「きゃ～ん」

　握り締めた俺の手を、隣の天使ちゃんが上からきゅっと包み込んでくれた。それは、確かに嬉しいんだけど。

　この子の金色の髪は、まだ男の子みたいに短いものの、それなりに生えそろってるんだよな……。

　一方の俺は、自分で頭を叩いてみても文明開化の音がする始末。いや、それ以下か。

　散切り《ざんぎ》どころか「ぺち」っていうもんな……。いちおうは生えている、という程度でしかない。

　まさか俺、早くもこの歳で薄毛に悩むことになるとは思いもしなかったぞ……。

「……」

　ちゃ、ちゃんと生えてくるよな？　無用な悩み――だよなっ!?

　そういう家系ではないということを、俺はカミガミに祈らずにはいられない。

「ジャス……ちゃん？」

「あう～ん……」

　わなわなと震える俺の頭をお袋が不安そうになで、天使ちゃんはずっと手を握っていてくれる。

　だがそれでも、完全には俺の不安の雲は晴れてくれない。

……ちょうど、そんなときであった。

「ËUOTK――」

バリトン、とでも言えばいいのか。耳に心地よい低い声が、ノックの後にドアの方から聞こえてきた。思えば女の人ばかりのこの家で、俺を除けば唯一の男声である。

「あら～♪」

俺達を眺めていたお袋が勢いよく――それでもおっとりなんだが、身体を起こす。圧倒的な母性の象徴がぽよよーんと跳ね上がり、後ろを向くと同時にほっそりとした身体を完全に隠すほどの金髪が踊った。

このアイドル顔負け、バディはもっと惨敗なスーパー美少女が母親とするならば。

いったい何をどうやったのか、そんな美少女のハートを見事に射止め、カミさんにした父親がいるということである！

「ХЖПМL」

女の人としては背の高いお袋の横からぬっと出てきたのは、それよりも更に高い高ーい長身の男性。今の俺から見れば、そびえ立つような高さである。

体つきは決していかついワケではなく、だが頼りなさそうどころかしっかりと鍛えているんだろうということが服の上からでも判る。まるで、名工に鍛えられた一振りの長剣のごときシャープな印象。俗にいう「細マッチョ」というヤツである。

そんな身体をより格好よく魅せているのは、どこかの制服のような衣装。彼が剣であるならば、それを納める鞘としてふさわしい、よく仕立てられた直線的なシルエットをしている。

濃紺、あるいは色の濃い蒼《あお》と言ってもよさそうな落ち着いた色をベースに、襟《えり》や袖などに金色の縁取りがあしらわれ、たくましい胸板の横には逆五角形の何かの紋章《エンブレム》。詰め襟の左右にも金色の飾りがついていて、その首回りやしっかりとした肩には、たぶん腰くらいまでだろう短めのマントがひるがえっている。

どこかのパレードにそのまま出てもおかしくないような、やたら格好いい——一歩間違えたらキザったらしく見えそうな制服。しかし、それを見事に着こなす彼は体格だけでなく、顔立ちもまたイケメンであった。爽やか系の好青年である。

短く清潔感のある髪は銀色、肌は色黒ではないが頼もしさを感じさせる程度には焼けていて、アゴのラインはスッキリとしている。薄く微笑む口元は優しげで……そして、ヒスイのような緑色をした瞳もまた、剣のような鋭さで。

だけど決して不用意に人を傷つけることはないと信じられる、確かな優しさも感じられるのであった。

「……」

親父はお袋の傍《かたわ》らに寄り添うように立ち、その肩に手を置いて小さな声で何かをささやく。するとお袋はほっそりとしたおとがいを持ち上げ、親父と軽く唇どうしを重ねた。

白いワンピースを着た長い金髪の美少女と、蒼い制服を身につけた銀髪の青年。二人の姿はまるで、物語に出てくるお姫様と騎士のようだった。

「ふわぁ……」

「あ～ん♪」

思わずため息が漏れる。お似合いすぎて、嫉妬心《ごころ》さえ湧いてこない。っていうかこの二人、俺達の両親なんだぜ？　スゴイよなあ……。

隣の妹ちゃんも俺と同じ気持ちなのか、拍手するみたいにおててを動かしていた。

……だが、今はそんなコトはどーでもいい。もっと重要なことがあるのだ。

「ジャス」

お袋よりも更にいちだんと高い位置から、親父が俺の名前を呟きながら見下ろしてくる。その目差《まな》《ざ》しは、お袋に向けていたそれよりも優しくなっているように映った。

そして伸びてくる大きな手。硬いんだけど温かみのある手が、俺の頭を壊れものを扱うような慎重さでなでた。かすかに柑橘《かんきつ》系の、爽やかな香りが漂ってくる。ニオイまでイケメンだ。

しかし、女の子の柔らかい手はもちろん最高なのだが……こういう、いかにも男らしい手も悪くないな。

遠い昔にも、こうやってなでてもらった想い出がある……。

「あーうっ」

ちょっとノスタルジックな思いに浸りながら、俺は天に——親父に向かって小さな両手を伸ばした。

今の俺には、もっと優先すべきことがあるのだから。

「ん？」

俺の様子を見て、ほんのわずかに頭を傾ける親父。続けて何か話しかけてくれているようだが、当然ながら今の俺には解らない。

そして喋ることもできない俺は、代わりに一生懸命に手を伸ばして主張をする。

「あーう、あーう」

さあ、我が父ちゃんよ……。

ショウミィ、とーちょおおおおおーーーーーーーぶッ！

ちゃんと頭のてっぺんまでフサフサなのか――ちゃんと俺にも髪が生えてくるのか、見せてくれっ!!

「ははは っ」

俺の切なる願いが、届いた。

親父は嬉しそうに笑うと、もう片方の手も伸ばしてそっと俺の身体を抱え上げてくれる。まだ重たい頭を支えるにはちと頼りない首を、しっかり支えてくれているのが嬉しい。

そうして、念願の「高い高ーい」に近い抱っこをしてもらった結果――。

「おおーっ！」

確かな草原が広がっていた！　どうやら大丈夫そうだ。

ふぅ、ひとまず安心である。

十年後、二十年後は分からんけどなー。

「はははははっ！」

バンザイをして喜ぶ俺を見て、親父も嬉しそうに顔をほころばせる。そして、俺の身体を上げたり下げたりしてくれる。だけど……。

「……」

すまん、親父。

あなたの息子は「高い高ーい」に喜んでいるのではなく、薄毛の悩みが後退したことに安堵《あんど》しているのだ。

「はははははっ！　そーら！」

「うふふふふ～」

だが親父はますます機嫌を良くし、上下だけでなく左右の動きも加えてくれる。それを見て、お袋も嬉しそうに笑っていた。

「あう～ん、きゃう～」

「はいはい～」

遊園地のアトラクション状態になっている俺を見て、セーレたんもしてほしくなったようだ。

両手を伸ばしておねだりをする天使ちゃんに、代わりにお袋が応えて抱っこする。さすがに親父みたいに激しくはできないものの、少しだけ上下させてもらってセーレたんも大喜びだ。ちなみにお袋自身もまた、セーレたんと同じくらいに上下していた。

ふにょーん、ふにょーんと。

「きゃあぁぁあ〜♪」

「おーう」

空中で俺に向かって伸ばしてくれた手に、俺も頑張ってタッチ。更に身体ごと近づいてきたので抱き合うと、親父とお袋も俺達を挟むようにして寄り添い、幸せそうに微笑み合っていた。


——ふと、目が覚めた。

耳鳴りがしそうなほどの静寂。目を開けてみると、暗闇の中にぼんやりと天井の色が認識できる。足元の方に目をやれば、閉められたカーテンに月明かりだか星明かりだかが映り、四角い窓の形に切り取られ淡い光を放っていた。

上映が終わって客もいなくなった後の映画館のような、なんとももの悲しい雰囲気だった。

「……」

ボックス席の左には、いつものように愛らしいお姫様が静かに眠っている。寝ているときまでうっすらと笑みを浮かべているようで、とっても幸せそうだ。思わず「あはー」と笑い声を漏らしてしまい、慌てて口をつぐむ。

……起こしてないよな？　よかった。

「ふー」

小さな肺から息を吐き出し、また天井を眺めながら考える。

自分の頭を転がすだけでも難儀する、不自由なこの身体。何も分からない未知の世界で、分かるのはせいぜいこの部屋の中だけ。しかも、まともに動けるのはこの柵に囲まれたベッドの中だけだ。

それに、まだ寝返りさえ満足に打てないときている。

「……」

自分では何ひとつできない俺を助けてくれる人達。

誰もが優しく微笑んでくれて、どんなことでも嫌そうな顔をまったく見せずにしてくれる、いい人達だ。

とても優しくて、可愛くて、きれいで、格好よくて——。

だが、話しかけてくれる言葉は分からない。

本当は何を考えているのかも分からない……ヒトビトだ。

新しい「家族」。

だけど、いまだ俺には違和感が残っている。微妙に形の合わないパズルのピースに。……違う。

既に、はまっているピースがあるからだ。

あった、からだ……。

「……」

頭をごろんと動かし、隣の赤ん坊を見る。腕に体温を感じるほどのすぐ横で、寝息らしい寝息も聞こえず、本当によく眠っている。

毎日あふれそうなくらいの愛情をもらって、本当に幸せそうだ。それは、俺も同じようにもらっている……。

何もかもが優しくて温かい、だけど微妙にかみ合わないピースに囲まれている今の状況。

でも、この世界や彼らに何も悪いところはない。そう認識してしまう俺が「かみ合っていない」だけなのだ。

「ぁぅ～ん……」

隣からなんとも可愛らしい声が聞こえてきた。見ると、セーレたんがなにやら楽しそうな顔をして、お口をもぐもぐさせていた。見ているだけで自然と口元が緩む。

はたして、どんな夢を見ているのやら……。

「……」

暗い部屋の中でも浮き上がって見えるほど、本当に明るくて眩しい子だ。この世界にも、当然俺の知る世界にも染まっていない、無垢で真っ白な存在……俺とは対照的だ。

気がつけば始まっていた、新しい人生。しかも、まったく別の世界ときた。

新しい家族は、みんな優しくていい人そう。きっと、たくさんのことを俺に教えてくれるだろう。

だが、今の俺にいちばん近いのは――この子だ。

お互い、何も分からないどうし。俺と同じ日に産まれてきたこの子は、これから俺と一緒にこの世界について学び、俺と一緒に歩いてくれるだろう。

いつまでもずっと、というワケにはいかないけどな……。

こんなに小さくて、可愛くて、儚《はかな》げな女の子が。

今の俺にとって、この世でいちばん頼もしい「パートナー」なのだ。

「あはっ」

なんて、愛おしいのだろう。そして……面白い!!

前世では兄弟のいなかった俺だが、ふつふつと兄妹愛が——というか、父性愛みたいなものが果てしなく湧いてくる。なんとも不思議な気持ちだ。実際には同《おな》い歳どころか、同じ日に産まれた双子なんだろうけど。

まあ、そこは俺の方が「ずっと」お兄ちゃんなワケだし？　大目に見てもらおう。

前世の記憶については……これはやはり、うかつに周りに言うべきではないだろう。けど、そこにさえ気をつければ、やりようはいくらでもある。何がどうなっているのかはサッパリだが、せっかくこうして「普通に」考えることができるのだ。

だったら、コイツを活かさない手はない。

できるだけ早くこの世界のことを学んで——それから、この子にもいろいろなことを教えてあげよう。こんな俺だからこそ、教えてあげられることもあるハズだ。

なにしろ、「お母さん」がアレほどのスーパー美少女だからな。この子もきっとそうなるに違いない。

ならば、大人になったこの子が幸せになれるように……変な男《ヤロウ》に捕まって不幸にならないよう、ちゃんとした「レディ」に育てなければ！　これがこの俺の、「お兄ちゃん」としての役目なのだ。

いやむしろ、コレこそが俺の生まれてきた意味——使命《ディスティニー》なのかもしれん。

となれば、たとえ世界一のイケメンだろうが大富豪だろうが、そうカンタンにはこの子はやらんぞーっ!!

「むん！」

いよっし、なんか俄然《がぜん》やる気が湧いてきたーっ！　今は頼りない両手をぐっと握り締め、俺は神の与えたもうたディスティニーを噛み締める。歯はまだ生えてないんだけど。

お兄ちゃん、頑張るぜ！

もしかすると、俺の方が弟なのかもしれないんだが……ま、そのときは弟として頑張ることにしよう。

そうして決意を固めた俺は、握った両手を思いっきり天に向かって突き上げ——。

「……おー」

よーく眠っているセーレたんを起こさないよう、控えめに声を上げた。

☆第七話　とある一家の一日

少しずつ気温が上がってきているような今日この頃。

日によっては少し暑く感じることも出てきたが、今日は雨が降っているので涼しい。窓の外は薄明るく、誰かが拍手しているような雨音がずーっと聞こえている。テレビなんてモノがないこの世界では、自然の音がそのままＢＧＭだ。

時間の分かりにくい天気だけど、最近の寝起きの周期や家族の行動パターンから考えると、今はまだ早朝だろう。

「……けぷっ」

「うふふふふ～♪」

お袋に抱かれた妹ちゃんが背中をさすられ、なんとも可愛らしいゲップをした。お着替えに続いて朝のご飯ももらい、俺とセーレたんは身も心もすっかりリフレッシュ。……ついでにオネショした記憶もリフレッシュである。

俺もずいぶんとポジティブ思考になったものだ。

「ちゅっ♪」

「あぅん」

おデコにキスをもらったセーレたんが、ゆっくりと俺の隣へ寝かされ戻ってきた。お疲れー。

「おぇーい」

「きゃあぁ～ん」

俺の声にもちゃんと応えてくれるのが嬉しいね。お袋も楽しそうに笑っている。まろび出ている白いめろん様についても、早いこと服の中に戻してもらえるともっと嬉しいのだが。

それにしても、圧倒的なボリュームと果てしない柔らかさを併せ持ち、なのに重力などモノともせずぷる～んとしてるとか、どこの新素材なんだ……。

あるいは神《しん》素材か。

「ジャスちゃ～ん」

「おー」

「セーレちゃ～ん」

「はあ～ん」

やっと服装を直してくれたお袋が、順番に呼びかけながら頭をなでなでしてくれる。今日も天から降りてきたような金の髪がキレイで、部屋の明かりを受けてあちこち光り輝いている。肌も白いし着ている服もほとんどが白なので、本当に女神様のようだ。

「わ～た～し～が～、マ～マ～よ～」

お袋はこうして毎日、とりわけ積極的に言葉をかけてくれる。もともとゆっくり目なのだが、ときには思いっきりローモーションで喋ってくれるので聞き取りやすく、更には口や舌の動きまで見ることができる。……たまーにエロチックな動きに見えて、ドキッとすることもあるけど。

しかしそのおかげで、いくつかの単語の意味が解るようになってきた。文法についても、おぼろげに。

朝の駅前でいきなり外国人から英語で話しかけられても思わず逃げ出してしまう俺が、まさか異世界語をヒアリングだけで習得できるようになるとは……。ちょっと感無量である。

「あーあー」

「あ～ん」

俺がお袋の言葉を復唱してみると、妹ちゃんもすぐに続いた。幼児語というのは異世界でもあまり変わらないのか、「ママ」だけならそれほど難しくも――あった。口も舌も、まだまだ思うようには動かないんだよなー。

今の時点では「あーんあーん」と、子犬みたいな言い方にしかならない。

「あらあら～♪　ジャスちゃんもセーレちゃんも――」

蒼く透き通った瞳を補足して、お袋が喜んでくれる。最後の方はイマイチ自信がないのだが、たぶん「賢いわね～」か「お利口ね～」と言ったのだろう。たまに他のみんなも言ってくれるからな。

お恥ずかしながら……コレがけっこう嬉しかったりする。

「――入るぞ」

そのとき、部屋のドアがノックされると共に、低くて渋い声が聞こえてきた。見るまでもなく――そもそも起き上がれないのだが、誰なのかは確かめるまでもない。我らが一家の大黒柱様である。

「あら～♪」

ベビーベッドの側に立っていたお袋が振り返り、中に入ってきた親父に自然と寄り合ってキスを交わす。既に制服を着込んでいる親父はカッコよく、二人があまりにお似合いすぎて嫉妬する気にもなれん。まさに映画のワンシーンを思わせる光景だ。

「【ジャスパー】。【セレスティア】」

上が平たくなっているらしい帽子を被った親父が、俺達に向かって優しく声をかけてくる。ほとんどが略称……または愛称みたいなので呼んでくれるので、知ったのはつい最近なのだが。

俺達の正式な名前はそれぞれ「ジャスパー」「セレスティア」というらしい。

「パー」がくっついてパーでんねんの俺と比べ、セーレたんの名前はなんと美しいこと！　いや、俺の名前もわりと気に入ってるんだけどな。

もしも、付いているのが「ティス」だったら……ちょっとキツかった。中学二年生的な意味で。

「フッ」

親父は俺を抱き上げて微笑むと、おデコ……というか、頭に近いところにそっと口をつけた。同性でもここまでカッコいいと、さほどイヤな気がしないのが恐ろしい。

またベッドに優しく戻されると、今度は我が妹様を抱き上げた。そして口を近づける。

「はぅ～ん……」

しかし、セーレたんはちょっぴりイヤそうな顔をした。

「うっ……」

「あらあら～」

親父はあからさまにしょんぼりしてしまい、お袋に慰められる。というのも、しばしば夜遅く帰ってきたり、たまーに早朝に帰ってきたりする親父は、少し伸びたヒゲがジョリジョリと当たることがあって非常に痛いのだ。セーレたんだけでなく、俺も思わず泣いてしまったことがある。赤ん坊のデリケートな肌にとって、無精ヒゲはヤスリのごとしだ。出勤前はキチンと剃ってあるからいいんだけどな。

疲れた顔で帰ってきた親父を察して、俺はガマンするようにしているが……セーレたんはそうはいかない。何度か泣いてセーレたんが嫌がるようになると、親父は頭や髪にキスするようになった。

「……セーレ、すまないな」

ちょっぴり寂しそうに微笑む親父。大きな手で、優しく優しく娘の頭をなで始めた。

妹ちゃんが嫌がる気持ちも分かるけど、親父の気持ちも理解できる。少し切ない気持ちになってしまった。

「あ～ん♪」

でも、ふんわりとしている金の髪にキスされると、痛くないと分かった妹ちゃんは天使のような笑みを見せた。おててを動かして喜ぶと、凹《へこ》んでいた親父もデレ～っと目元と口が緩む。よかったよかった。

「……では、行ってくる」

「ええ」

口下手《べた》なのか、親父の言うことはけっこうパターン化されている。だから意味を推測するのも難しくない。セーレたんを俺の隣に戻した親父は表情を引き締めると、背中のマントをひるがえして颯爽《さっそう》と部屋を出ていった。

一家を支える男の顔だな、と思った。

少し眠って起きると、雨はまだ降っていた。外はずっと薄暗く、鐘の音も聞き逃したのか、まだ鳴っていないのかも分からない。なので、どれくらい時間が経ったのかは謎である。

「あーうー、あーうー」

対照的に白く明るい部屋の中で、俺はひたすら意味のない声を上げていた。どこかの昔の総理大臣のマネではなく、れっきとした発音練習である。

さっき起きたばかりの相棒ちゃんも嬉しそうに付き合ってくれて、まるで二人でデュエットしているみたいだ。俺達の歌は神様にも好評なようで、少し拍手が強くなった。

天気が悪化したとも言うが……まあ、そこは気の持ちようである。

「ああ～ん。はう～ん♪」

なんとも可愛らしい声で歌う妹ちゃん。声のトーンは俺も似たようなものだが、やっぱり女の子。喋り方が違う。

首を横に動かすと、宝石のような蒼い瞳と視線が合った。

「あははー」

「きゃあ～ん♪」

ああもう、本当に可愛いな！　もう頼むから、誰かギネスに載せてくれ！

ポニーのメイドさんもさっきから仕事の手を止めて、ずーと眺めているのもうなずける。

「ああっ、なんて可愛い……♪」

俺がすぐに覚えた「かわいい」という単語を連呼するメイドちゃん。絨毯に横座り——脚を斜めに流して座る姿勢で、胸元に畳みかけだった服を抱き締めてうっとりとした目差しを向けている。

ところでその服……かなりしわくちゃになってるけど、いいのかい？

そう思っていると案の定、ノックの音が聞こえて誰かが入ってきた。

「【マール】？　ьгзок——」

見てみると、やってきたのは乳母さんだった。ぺこぺこと頭を下げる彼女——マールちゃんに、乳母メイドさんはため息をついて「仕方ないわねえ」といった顔をしている。

「はあ。もう……」

というか、実際にそう言っているのだろう。

苦労しているのかクセなのか、そういった表情をしていることが多い人であった。

「【アナ】さん、すみません……」

「ええ——」

まだ細かいところは分からないモノの、みんなの名前はおおよそ分かっている。相変わらず、メイド服を着ているのにお袋よりもお母さんらしく見えるこの人は、アナさんという名前だ。「アナサン」ではない。

たぶん俺みたいに愛称なんだろうけど、正式な名前？　はまだ聞いたことがないので不明だ。

「あああーーーーなあああーーーーーーさああああーーーーーーーーんっ！」

な、なんだぁ!?　遠くからバタバタとした靴音とドップラー効果を伴い、ものすごーいキンキン声が聞こえてきた。

ビックリしながらもドアの方へ目を向けてみると、すぐにドアが外側に向かって開かれた。鮮やかなオレンジとピンクが混じったような髪と、その左右でぴょこぴょこと動く白い耳を見れば、誰なのかはすぐに分かる。

……声の時点でもう分かってたけどな。

「あ、アナさーんっ!!　👍⌛☹☠⚐――」

何を言っているのかはサッパリだけど、ものすごーくテンパっているのは分かる。長いしっぽをビンビンに立て、ねこ耳だけでなく手に持ったおたまも上下に振りながら、とにかく必死さをアピールしている。

そして、さっきからチリンチリンと鈴の音がするなーと思ったら、どうやらしっぽの根元に巻かれている赤いリボンに鈴が付いているようだ。

緊急事態なのは分かるんだけど……見ていて、どーしても口元が緩んでしまう光景であった。

「はあぁ、【チャロ】……」

だけど、先輩メイドのアナさんとしてはそうはいかない。額に手を当てて大きなため息をついた。やっぱり苦労しているようだ。

ところで「チャロ」というのは無論、このテンパりねこ耳少女のことである。おたまの名称ではない。

アナさんが何かを言っているが、俺でも状況はなんとなーく推測できる。きっと、アナさんに鍋の煮込みか何かを頼まれて、でも何か失敗をしてエライことになっているのだろう。

……その証拠に、かすかにミョーなニオイがしてきた。急いだ方がよさそうだぜ？

「⁉」

「あぁっ⁉」

すぐにアナさんとマールちゃんも気がつき、ドアのところで泣きそうになっているチャロちゃんを半ば押し出すように、三人まとめてバタバタと外に出ていった。

「はう～ん……」

ああ、ちょっとコゲくさいなー。横でセーレたんが左の指を咥えてビミョーな顔をしていたので、俺の短い手をぱたぱたさせてニオイを払ってあげる。まだ少しニオイは漂っているのだが、セーレたんは咥えていない方の手を動かしてきゃっきゃと喜んでいるので、良しとする。

ちゃんとドアは閉めていってくれたから、じきにニオイもなくなるだろう。

「……ふー」

ま、あっちのことは専門の彼女達に任せて、俺達は俺達のすべきことをしよう。

食事もトイレも今は大丈夫な俺達のすべきこと。それはトレーニングである。

昨日はまったくできなかったことが、今日には――なんて、そこまで早くはないが、それでも数日もするとほんの少しだけできるようになっていたりする。赤ん坊の成長はスゴイ。

他にできることもないし、少しでも早く身体を動かし、発声ができるように頑張るのだ！

できれば……歩くのも言葉も俺の方が先に覚えて、この子に教えてあげられるようになりたいからな。

「おーん」

「あ～う♪」

俺が伸ばした手を、セーレたんはしっかりと握ってくれる。

さあ、一緒にトレーニングしようか。

「おーう、おーう、おーう」

「きゃあぁあ～ん」

つぶらな蒼い瞳に俺を映し、嬉しそうにあんよを動かす妹ちゃん。手を動かしているのは俺だ。

発声練習も同時にやっている俺に対してハニーも嬉しそうに笑い、それはそれで練習になっている……ような気がする。まあ、いっか。

適当なリズムに合わせて手足を動かす俺をじーっと見ながら、セーレたんも楽しそうにトレーニングしていたのだった。

――激しい運動をすれば、すなわち疲れ腹も減る。これ自然の摂理なり。

いつの間にか眠ってしまい、空腹に耐えきれず目を覚ますと二人で泣いてお袋を呼ぶ。するとお袋ではなくアナさんがやってきたので、ロッキー山脈の恵みを存分にいただいてゲップをした。ここまで流れるようにコトが進み、アナさんのすごさを改めて知る。

ところで……意外とアナさんの方がサッパリ味なんだよなあー。体調によっても味が変わるようで、今日のアナさんはバッチリ健康だ。

満腹で太鼓っ腹になった俺が、太鼓判を押しましょう。ぽんぽん。

「あーう、あー」

「ふふふっ」

オムツも替えてもらってリフレッシュ、ただし一部の記憶はリセット。お礼のつもりで声を出すと、アナさんは優しく微笑んでくれた。弾力のすごいスイカップなアレは、既にキッチリとエプロンドレスの中へと戻されている。さすがはアナさんだ。

「またね」

たぶん、そう言ってくれたのだろう。

雨はいつの間にかやんだか、ずいぶん小雨になったようだ。カーテンが閉まっているので分からないが、拍手のような音が聞こえなくなっていた。代わりに少し涼しくなり、外も暗くなってきてきたようだ。

……つまり、アナさんはそろそろ帰る時間ということ。

あまりキスをしないアナさんは俺達の頭を順番になでると、小さく手を振ってから部屋を出ていく。

「あーぃ」

「きゃあ～ん」

その後ろ姿にこっそり手を振ると、いつも左にいるセーレたんも同じように、おててを動かして彼女を見送ってくれた。

だいたい、一日おきに来てくれているみたいだから――また明後日《あさって》、かな？

気をつけて帰ってねー。


静かな夜をまったり過ごしていると、またまたノックが聞こえてきた。しっかりとした音だったので親父かと思ったら、やっぱり親父である。若く精悍《せいかん》な顔立ちに疲労の色をにじませていた親父は、ベッドでのーんびり過ごしていた俺達兄妹の顔を見ると、ほっとしたように表情を緩ませた。

帽子は置いてきたのか、被っていない。

被りっ放しだと頭皮にも良くないと思うので、俺としても歓迎である。

「……ただいま」

「うー？」

ベッドの柵に手をかけて笑みを見せる親父に、俺はちょっぴり小首を傾《かし》げて返事をする。あまりにも彼らの声に応えすぎていると不審に思われそうなので、俺はたまにワザとあいまいなリアクションを返すようにしていた。

一方で隣の妹ちゃんは、いつも天使のような笑顔でお迎えしている。

「あぁ～ん♪」

「ははっ」

セーレたんスマイルに、親父はデレデレだ。さすがのクール系イケメンでも、我が娘《こ》には敵わない。

続いてまた小さなノックの音がして、白いしっぽを揺らしながらチャロちゃんが入ってきた。しっぽのリボンについている鈴が、ちりーんと高い音を鳴らす。

ちなみに、さっきのトラブルの後でかなり凹んでいた様子の彼女だったが、もう大丈夫みたいだな。

「あははっ♪」

親父の隣に並ぶと、チャロちゃんも俺達の顔を見て笑顔を見せた。……それにしても、身長差がスゴイ。

チャロちゃんがベッドの金具を外して柵を倒すと、親父が俺をゆっくりと抱き上げる。俺達の目がちゃんと覚めているときは、いつも抱っこしてくれるのだ。そして、やはり頭に唇を落とす。

「うぅっ」

鼻の頭にぽつりと生えていた無精ヒゲが当たって、ちょっと痛かった……。俺はガマンするけど、セーレたんには気をつけてくれよ？

「……ああ」

そういうつもりで親父のあごをぺちりと叩くと、親父も自分であごを触り苦笑いを見せた。

そのおかげでセーレたんはジョリー危機《ショック》を免れ、無事に天使の笑顔を見せてくれたのだった。

着替えるためか親父はすぐにいなくなったが、チャロちゃんは柵を倒したままのベッドに小さな頭を乗っけると、それから斜めにこてんと倒してその場にひざをつくような姿勢になった。

届きそうな位置に真っ白なねこ耳が来たけど、その片方がぺたんとシーツの上に力なく落ちたので、伸ばしかけた手を止める。

「あーあ……」

平気そうに見えていたが、実は全然大丈夫ではなかったようだ……。しっぽも絨毯の上に落ちて、見えなくなっている。聞こえた鈴の音も、心なしか落ち込んでいるみたいだった。

「はぁ、わたし――」

ため息混じりに何かをこぼすチャロちゃん。でも声のトーンからして、怒られたことを愚痴っているのではなく、自分の失敗に呆れているような感じだ。お袋もアナさんもマールちゃんも、あれからも普段通りにこの子に接していたしな。

まあ、だからこそ余計に凹んでいるのかもしれないけど。

「あぁ～……」

ひとしきりネガティブっぽいことをこぼし終わるとと、小さなねこ耳少女はシーツに顔を埋めてうなり始めた。今回は完全に意気消沈である。

「うー……」

「はぅぅ〜」

すっかりテンションの下がったチャロちゃんに、俺もセーレたんも悲しげな声を出す。いつも明るい子だけに、見ているこっちまでそういう気持ちになってくる。

いわゆるドジっ子なのかもしれないが、小学生かと思うくらいに若い――というか幼い少女である。そんな子がメイドとして、しかも住み込みで働いているのだから、何か事情でもあるんじゃないかと思う。そもそも人種？　が違うんだから、お袋や親父と血縁関係でないことは明らかだし。本当に立派だと思うぞ。

なんとか励ましてあげたいなと思い、俺は突っ伏した鮮やかなボブカットに小さな手を向ける。また少し、しおれきった白いねこ耳を触りたい誘惑にも駆られたが……それ以上にこの子には元気になってほしいので、手をパーにしてぺちぺちと形のいい頭を叩いた。すると少しだけ頭を動かして、シーツと髪の間から黄色がかった瞳が覗く。

……ほんの少しだけ、その目が潤んでいるように見えた。

「……んにゃ？」

「あぁーい！」

俺は、ワザとらしいくらいに思いっきり笑顔を見せる。ハッキリと励ましてあげることはできないが……そう見えてくれればそれでいい。

「きゃあぁ〜ん♪」

左に寝そべっているマイシスターも、愛らしい声を上げてにこーっと笑った。

まったく……この子も本当にいい子だよな。心まで美人だ。

「……あはっ」

しばらく見つめ合っていると、やがて小さなメイドさんの顔にも笑みが戻ってきた。しっぽも耳も、しおれた花が水を得たように立ち上がる。しっぽのリボンについた鈴も、心なしか音が軽くなったように聞こえる。よかったよかった。

「ジャスさま、セーレさま……ありがとうございますっ♪」

恐らくは丁寧語か敬語だろう。そんな言葉遣いでお礼を言うと、チャロちゃんは目元の涙を拭いながら立ち上がり、俺達のほっぺに順番にキスをした。

あまりドキッとはしないけど、ちと照れくさい。

「おやすみなさーい！」

「おー」

「あ～ん」

元気になったメイドちゃんは俺達に元気よく手を振ると、鈴をりんりんと鳴らしながら部屋を出ていった。

また明日、な。

ところで――。

「……あー」

外側に倒しっぱなしのベッドの柵、そのまんまだよ……。今はまだ寝返りを打てないからいいけど、ちょっとコレは危ないゾ？

ちなみに柵は、すぐにマールちゃんがやってきて元に戻してくれた。

「もう、危ないでしょう？」

「ご、ごめんなさあーい……」

隣に、また耳をしおれさせた猫ちゃんを伴って。

「あーう、あーうっ」

「あう～ん？」

まあ……その、なんだ。

どんまーい。


「ふぁぁ……」

一日続いた来客ラッシュも落ち着き、セーレたんと二人でまったり過ごす。カーテンの外は既に真っ暗だ。しかし、今日は特にいろいろあったのもあって、すぐに眠くなってくる。

「ふわぁあ～ん……」

妹ちゃんもお口を開け、可愛らしいあくびをした。俺を見つめる蒼い瞳もぽーっとしていて、コレがまたプリティー極まりない。……もはや全人類の宝だと思うんだ、俺は。

「あはー」

柔らかそうな鼻の頭でもつんつんしてやろうかと思い、手を伸ばすと。

「あむっ」

「……おーう」

逆に、そのまま掴まれて口の中にぱくりと入れられてしまった……。なんというカウンター。咥えられてしまった指があったか～い。

そういや俺も、最近やたら口に何かを入れたくなる衝動に駆られるよなあ。なるべくしないようにはしているんだけど、誘惑に負けて自分の指を含んでみると、コレがとても落ち着くのである。さすがは本能、恐るべし。

昔から「敵は本能にあり」というが、まさにその通りだな！　……そんなワケない。

「む～む～♪」

セーレたんは、お口をもごもごさせながら眠たそうな目を細めて喜んでいる。見ているだけで心が安らぐ。しかし、ちゅっちゅと吸われている指先が少しくすぐったい。

できれば離してほしいんだけど……一度こうなってしまうと、なかなか離してくれないんだよなー。口の中の指を動かしてみても、離すどころか逆に喜んでくれるし……。

もう、このまま寝ちゃおうか？

閉じかけているまぶたに抵抗しながらぼんやり考えていると、控えめなノックの音が聞こえてきた。

「あらあら～」

顔を出したのはお袋であった。彼女もそろそろご就寝らしく、白っぽくて生地の薄いワンピース風の——というか、ネグリジェみたいな服を着ている。寝る前に、俺達の顔を見に来てくれたらしい。

この家での習慣か、世間的にもそうなのかは分からないが、基本的にお袋も親父も別の部屋で寝ている。日本人の感覚からすれば寂しい——あ、いや、世間一般的にな？　そういう気もするのだが、たしかアメリカ辺りではそれが普通だと聞いたことがある。なので、こっちでもそういう文化なんだろう。

ちなみに俺にはセーレたんがいるし、セーレたんには俺がついているのでヘッチャラである。

「うふふふふ〜♪」

柵の上から俺達を覗き込んで、お袋が微笑む。波打つ髪が部屋の明かりを透かし、俺達の周りを金色の染めた。いつ見ても感動的ですらある、まさしく天上の光景。

更にはお袋の笑う声に合わせ、まろやかかつダイナミックな曲線を描く奇跡の杏仁豆腐《あんにん》が、球形を保ったまま上下逆さまになって、俺達のすぐ真上でふるる〜んと揺れている。何度見ても壮観だ。

俺の指を咥えたままのセーレたんもソレに目を奪われ、ぱちぱちと瞬きしていた。

「……」

あ、あのー。最近は夜も暖かくなってきたとはいえ、ちょっとばかり大胆じゃありませんかい？

そのネグリジェ、ところどころ透けてるんですけどー。

なお、具体的にドコなのかは……発言を差し控えさせていただきたい。

「うふふ〜」

しばらく俺達を眺めていたお袋は、やがて柵の金具を外して外側に倒し、まずは近い方にいたセーレたんから優しく抱き上げた。小さなお口から、俺の指がちゅぽんと抜ける。

「あらまあ～」

ちょっぴり首を傾げながら女神のように微笑むと、お袋は天使ちゃんを抱っこしたままどこかに歩いていき……。間もなくして、セーレたんのお口を手ぬぐいで拭き拭きしながら戻ってきた。そしてキレイになったお口に、お袋が瑞々しい桃色の唇をつける。

「……セーレちゃん、おやすみなさい」

「きゃああ～ん♪」

惜しみなく愛情を注ぐ母親と、その温かさに喜ぶ赤ちゃん。なんだかとても神聖な感じがする、この世で最も美しいとさえ思える光景だ。他の家族達もキスしてくれるけど、やっぱり母親のそれは特別だと思う。

二人の姿に見とれていると、俺の左側に再び天使ちゃんが戻ってきた。とても安心したのか、早くも目を閉じて眠りに落ちようとしているようだ。おやすみーと声をかける代わりに、頭の横を優しくなでてあげる。

そうしていると、お袋のキレイな瞳が俺を映し出し、白くしなやかな両手が伸びてきた。

「さあ、ジャスちゃんも」

「……ぉー」

見ているだけならともかく、実際にされる側になると照れるよなぁ……。でもダダをこねるわけにもいかず、大人しく抱っこされる。ベッドよりも温かくて柔らかくていい匂いまでして、その感触に心から安堵する。

……やっぱり、母親ってスゴイ。

「うふふふ～」

お袋は温かな笑みを浮かべながら、一旦ベッドの柵に引っかけてあった手ぬぐいを再び手に取って、ベタベタになってしまった俺の左手を包むようにして拭いてくれる。キレイになると、お袋は何か言いながら俺の手の甲にキスを落とした。

もちろん、それだけでおやすみの挨拶は終わらない。

「……おやすみなさい♪」

「あぅん」

前世の「俺」よりも明らかに年下の――しかも今まで見たこともないような金髪美少女から、温かな目差しと共にされるキス。コレが当時だったら、狂気乱舞どころか鼻血を噴いて気絶していたかもしれん。

だが今の俺は、少しのドキドキと、それをはるかに上回る安心感に包まれていた。どうしてここまで愛情を注いでくれるのかと、感謝の中にわずかなを疑問を抱いてしまうほどに。

単に母性本能だから……とは、考えたくないな。

「……」

心に染みわたる温かみを感じながら、俺はまたベビーベッドへと戻される。セーレたんはもう寝てしまったようで、安らかな寝息を立てていた。

「さあ、ジャスちゃんも」

「……ぅん」

隣を見ていた俺の目を、お袋の優しい手が覆い隠す。

指の間から木漏れ日のような光が差す闇の中、もともと疲れていたのもあって、俺のまぶたはすぐに落ちていった——。

Profile

メイドちゃんズ

名前：マール
性別：♀
年齢：14歳
身長：ふつう
胸の大きさ：ふつう
備考：小さな子の世話をするのが好きな優等生メイド

担当編集から一言！

赤ちゃんからやり直せるだけでなく、メイドの女の子に様付けで呼ばれて、世話までしてもらえるなんて至れり尽くせりですね。おむつ交換の時は恥ずかしいですが……。

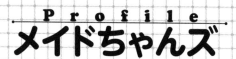

☆第八話　現代人は運動不足でした

だんだんと暖かい日が増えてきたなーと思う今日この頃。睡眠時間も安定してきたのか、起きたときに「今は何時くらいだろう?」と首を傾げることも減ってきた。

ま、時間については他に明確な手がかりがあるしな。

「う?」

開けてくれている窓から、低い鐘の音が聞こえてきた。恐らく時計塔は、やや遠いところにあるのだろう。柔らかな鐘の音を、ゆっくりと数える。

二……三……四――。うん、四時だな。そしてベッドの柵によってできた影の角度を見れば、今が朝だということが分かる。五回鳴る頃が最も太陽が高くなるから、五時で正午と考えて良さそうだ。だったら、一日は十の時間に区切られている、ということになる。

つまり、二四時間制に直すと……朝の九時か十時くらいってことか?　計算が面倒くさいなぁ。

「へふぅ」

時間を把握しただけで脳みそがぐんにょりしてしまったので、早々に首の向きを下から左へと変える。そこにはいつも通り、俺の癒しの天使ちゃんがいるのであった。

「きゃあ～ん♪」

「おーう！」

朝の光に蒼い瞳を輝かせ、俺に向かってとびっきりのスマイルを見せてくれる。いやあー、今日もセーレたんってば可愛《めんこ》いのお〜。

……なんで東北弁が出てきたのかは、俺にも謎だ。

「うやぁ〜ん」

「あっはー」

甘えるような声を出しながら、俺の手を取ろうとする子猫ちゃん。近頃はなぜか自分のではなく俺の指をパックンするのがお気に入りのようだが……おおっと娘さん、ちょいと待っておくんなせえ。

「う〜」

悲しげな顔を見せるセーレたんに笑みを返す。お兄ちゃんにはな、今やらないといけないことがあるんだ。

というワケで、トレーニングスタート！

今日は、同時に手足を動かしながらの発声練習。多少見てくれは悪いかもしれないが、こうすればまさに一石二鳥ではないかと思いついたのだ。部屋に誰もいない今なら、見てくれも気にしなくていいしな。これでノリのいい曲のひとつでもあれば最高なんだが、ないものは仕方がない。そこはアカペラで何とかする。

「あーうぇー、いーうーー」

すると悲しそうだったセーレたんが笑顔になり、俺のマネっこをして遊び始めた。

「ああ～ん。あぅ～ん♪」

「……」

ああチクショウ！　なんでこんなにカワイイんだあああーーーっ!!

俺がやると、きっとひっくり返って死にかけの昆虫みたいだろうに、この子がやるとまるで子犬のダンスだ。蒼くてまーるいおめめをキラキラさせて、ものすごーく楽しそうに遊んでいらっしゃる。

……おおう、あまりの可愛さに思わずストップしてしまった。改めてトレーニングを再開。

「あーおぅ、あーおぅ」

「あお～～～～んっ♪」

「……」

ああ、なんて楽しそうなんだ……。俺がこうしてトレーニングを始めると、この子もマネしてくれるんだよなあ。今やそんなセーレたんを見たいというのが、俺がトレーニングに励む理由の過半数を占めつつ――。

「――はっ⁉」

って、イカンイカン！　あくまでも俺が政権与党でなければ、この子の導き手になれないではないか。ココはもっと、気合いを入れて頑張らなければ。

「あーっ、いーっ！　うーっ、うーっ！」

「あ～いっ♪　ああ～～いっ♪」

「えーっ……。おっ、おぉー……ぉ」

「あ～……ぅ。あ、あぁ～～ん……」

「……はひぃ」

「……はふぅ」

あっという間に息が切れたー……。

考えてみれば、俺はまだ赤ん坊だった。喋りながら手足なんて動かしていたら、すぐ疲れるのは道理ではないか。大人の身体でもすぐバテていたのに。

って、それは単なる運動不足か。

「はぁ、はぁ、はふぅ～……」

気だるい感覚が全身を襲う。隣のハニーもお顔を真っ赤にして、おデコにはうっすらと汗をかいていた。

ああでも、そんなセーレたんも可愛いなあ。それが見られただけでも、ミョーな達成感が――。

「……」

でもやっぱり、発声練習と運動は別々にやることにしよう。効率が悪い。

二兎《と》を追う者は一兎も得ず。先人の言うことは確かであった。

——多少の失敗なんかもしつつ、俺はセーレたんと一緒にトレーニングに励む。

先日はうさぎさんから貴重な教訓を得たので、今朝はうさぎさんよりも可愛い女の子と楽しくトークをしようと思う。

「おーっ」

「う～？」

さっそく目を覚ましたセーレたんに話しかけると、まるで小首を傾げるかのようにこっちを向いた。少しぷっくりとしたほっぺが、コレまた可愛らしい。つんつんしたくなるね。

「あむっ♪」

「あ」

また食べられてしまった……。

温かな朝の日射しが注ぐベッドの中、セーレたんが蒼い目を細くして嬉しそうに俺の手を両手で掴み、指先を口に含んでいる。

「お、おー」

「ん～♪」

喋ってくれませーん。早くも頓挫《とんざ》か？

……いや、ここで諦めたら終わりだ。むしろ積極的に声をかけ続けて、なんとか指を抜くスキを窺《うかが》うべきだろう。

ということで、よろしければ抜かせていただけませんでしょうか？

「あーう、あうあーう」

「む～ん」

「おうおーっ、おうーん」

「んん～っ♪」

「……」

お伺いを立ててみたが、どうやらよろしくないらしい。もしかして、俺はこのまま指を咥えて見ていることしかできないんだろうか？　咥えているのは向こうの方だけどさー。

しかし、見ていると俺の方にもだんだんと本能的な衝動が湧き上がってきたので、残る右手の親指を咥えてみる。

「あむっ」

「む～ん？」

「んむんむ」

「ん～っ」

うん、そうだねー。確かに落ち着くわコレ……。

ていうか今、普通に会話が成り立ってないかい？

「うーん……」

「む～ん？」

これからどうしようかと悩んでいると、セーレたんが片方のおててを俺に伸ばしてきた。

「……むー？」

「んむ～♪」

どうも、「わたしのおてて、あげるー」と言っているらしい。

いや別に、自分の指に満足していないワケじゃないのだが……。

「んん～っ！」

「ぶふっ⁉」

目の前に出された手をじーっと見ていると、ムリヤリ突っ込まれた⁉

だけどこの子も赤ん坊。正確に手を口のスキマに挿し込むことなどできず、実際には口と鼻との間、そのくぼみの部分をパンチする結果になってしまった。


――人体急所のひとつ、「人中《じんちゅう》」である。


「うぉぉぉぉ……！」

まともな力もなく、握ってもいない手とはいえ、油断していたところに直撃したので地味に痛い……。

思わず咥えた指を吐き出すと、今度はセーレたんの指先が優しく俺の唇に当てられた。

「む～む～」

「……」

ちょっと涙目になりながら、俺はやむなくその手を受け入れた。お手上げである。

「……ん？」

「む〜ん♪」

すると、嬉しそうに目を細めるセーレ様。満足なされたようだ。

「……ムフッ！」

だけどセーレ様？　お願いだから、まだ歯の生えていない歯グキを指先でこちょこちょするのはやめてくれません？

すっごいムズムズするんですけど！

「……っく！」

「ぁぅん♪」

お返しに妹ちゃんの舌の歯グキをくすぐってやると、身体をぴくんと震わせて口を開きそうになりながらも、また力を入れて俺の指を咥え直した。で、またくすぐってくる。

意外と辛抱強い子だ……。

「んっ……んー！」

「んむ〜んっ！」

くっ、やったなー！

お互いに口のスキマからヨダレが出てくるが、気にしている余裕はない。指を離したら負けだと言わんばかりに、お互いの歯グキをくすぐり合う。

「……ぷはぁ！」

「ぷふぁ～」

結局、指と口が疲れてきて同時に離すまで、くすぐり合いは続いたのだった。

あーあ、服やベッドのシーツにもヨダレがー。

「きゃあ～ん♪」

「……」

俺、いい歳して何をやっているんだろう？

ふと我に返ってみて……凹んだ。


——己の子供っぽさに少々落ち込むも、なんとか気持ちを立て直すことに成功した。俺の頭をなでなでして励ましてくれた、お袋とセーレたんに感謝である。

「うーっ！」

両手をぐっと握り締め、トレーニングへの決意を新たにする。

今度は運動をしよう！　男のトレーニングといったら、やっぱ筋トレだぜ。

食事もさっき終わったところだし、腹ごなしにもちょうどよかろう。

「おうっ！　おうっ！」

なるべく手足の指先にまで力を入れ、男らしくパワフルに手足を動かす。もはや、死にかけの昆虫などではない。

まだまだ元気な昆虫だ！

「……」

自力で身体を起こせないという意味では、なんにも変わっていなかった。

「あ～ん、ああ～んっ」

俺のトレーニングを見るとはやり、お隣の天使ちゃんは俺のマネをし始めた。外は雨が降っているようだが、セーレたんは今日も相変わらず可憐だ。

しかし、今日の俺はストイックなのだ。

「あーう、あーう！」

可愛らしい女の子にあんまり目もくれず、ひたすらに手足を動かし続ける。なお、これだけ動いてもオムツが緩むことはない……キッチリと巻いてくれたマールちゃんに感謝だ。

これがチャロちゃんだと、たまに緩んじゃうときがあるんだよなー。お袋も以前はそうだったけど、今はバッチリである。特にオシリのラインをきゅっと引き上げる具合に関しては、マールちゃんにも引けを取らない。

「……はふぅ」

そんなことを考えているうちに、早くもスタミナが切れてしまった。仕方ないんだけど。

「はう～……」

セーレたんも疲れてくったりしているので、二人で休憩に入る。ムリをしてもいいことはないもんなー。よく動き、よく休む。これぞ「超回復」のコツである。

「うぇーい」

「ふあぁ～」

身体中の力を抜いて適度な疲労に手応えを感じる。すると、部屋のドアが優しくノックされた。

「失礼します」

ドアの向こうから聞こえてきたのは、落ち着いた女の子の声。彼女達はいつも入る前に同じことを言うので、たぶんそういった意味合いなんだろう。

しばらく待っていると、俺の視界の中に空色の髪のメイドさんが姿を現した。

「Экиуε――あら？」

マールちゃんは俺達の顔を見てわずかに目を大きくすると、回れ右をして一旦フェードアウト。だが、すぐに手ぬぐいと着替えを持って戻ってきた。

「汗をかいていますね。Бот……ですか？」

そう言って優しく微笑むと、俺達の顔を順番にそっと拭いてくれる。つり目がちの瞳は澄ましていると少しキツそうにも見えるのだが、この娘《こ》はいつも穏やかな笑みを向けてくれるのでそうは感じない。

「はい、きれいになりましたね」

「きゃあ～ん♪」

先に近い方にいたセーレたんからお顔を拭いてもらい、服も着替えさせてもらう。赤ん坊に汗は大敵だ。放っておくと、かゆくなるわ冷えてくるわで悲惨なことになるからなー。

もちろんお着替えの間、俺は天井とマールちゃんの笑顔だけを見ておりました。

「はい、ジャス様も」

「おーん」

最初は若くて可愛い女の子に脱がされるのはメチャクチャ恥ずかしかったけど、既に何度もシモのお世話までされている身である。入院しているようなもんだと思えば気も楽だ。

さすがに目が合うと恥ずかしいので、テキトーに視線は逸らすのだが。

「ああ～ん♪」

「……うぐ」

しかし、セーレたんは待ったナシである。見ないでー。

「ふふふっ」

その間にも、産まれたままの姿になった俺の身体を若いメイドさんに拭き拭きされる。首の周りや脇の下など、汗の溜まりやすい場所は要注意だ。無論、あんなトコロやあんなトコロも——。

「はい、きれいになりました♪」

「あうぅ……」

ありもしない天井の染みでも数えるつもりが、俺の視界は彼女の素敵な笑顔でいっぱいであった。

結局、最後まで見つめ合ってしまった……。

あくまでも仕事として、プロフェッショナルに拭かれる分にはこっちも平然としていられるのだが。しかしみんな、本当に楽しそうな顔でお仕事してくれるので……そう思ってくれるのは嬉しいんだけど、やっぱりそれ以上に恥ずかしい。複雑な赤ちゃん心《ごころ》であった。

「ああぁー」

「ふふふふっ」

リアル赤ちゃんプレイに身もだえしている俺を見て、マールちゃんはわずかにあどけなさの残る顔に母性を感じさせる笑みを浮かべて——。

何か言いながら、ベッドの柵の金具を外し始めた。

「さあ、セーレ様」

「あ～ん」

「……ん？」

てっきり脱がされた服を持って出ていくのかと思っていたら、マールちゃんは大人しくにこにこしていたマイシスターを抱っこした。そしてくるっと後ろを向いて空色のポニーテールを揺らし、目の前にある大きなソファーへ天使ちゃんをゆっくりと座らせる。どうやら、俺達をベッドの外へ出してくれるようだ。嬉しいサプライズである。

俺もセーレたんも今では自分で頭の重さを支えることができるので、背もたれがあるソファーなら座ることもできるのだ。

このまま行けば、背もたれナシでお座りできるようになる日も決して遠くはないだろう。

「きゃあ～♪」

昼前の暖かな日射しと柔らかなソファーの快適さに、妹ちゃんは大喜びだ。よかったなー。

手足を動かして上機嫌なセーレたんを眺めていると、俺の側の金具も外される音が後ろから聞こえてきた。

「はい、ジャス様」

俺達の寝ているベッドは双子用で、縦も横もけっこうな幅がある。だから一人で俺達を外に出そうとすると、わざわざぐるーっと回って両側の柵を倒さないといけないんだよな。そんな手間をかけてまで連れ出してくれる彼女には、本当に感謝である。

「あーいっ」

「まあ……♪」

大人しく仰向けになり、俺も抱っこしてくれるのを待つ。マールちゃんは笑みをこぼした。

華奢《きゃしゃ》な女の子にはけっこう重たいんじゃないかと思う俺達だけど、マールちゃんは「よっ」と小さく声を出して要領よく抱き上げてくれた。以前にも赤ん坊を世話したことがあるみたいで、抱っこの仕方はお袋よりも慣れているようだ。かなりの安心感がある。

「……おー」

「ふふっ」

抱き上げられた浮遊感と高くなった視界に、思わずテンションが上がる。親父の「高い高ーい」もスリルがあってイイけど……どっちの方が好きかと聞かれたら迷うな。

さすがにお袋やアナさんには及ばないけど、それでも十分に柔らかな感触と、爽やかな花のような香りに包まれながら、俺もゆっくりとセーレたんのお隣へと「おっちん」させてもらう。「えんちょ」でも可。

ちなみに「キチンと座る」という意味であって、どちらも下半身のアレではないのであしからず。

「あぁ～ん」

「あうっ」

俺自身の重みでソファーがちょっぴり沈み、身体が傾いて隣のセーレたんとくっつき合う。雲の上に乗っているみたい……というと大げさだけど、ソファーはふかふかですっごく快適だ。更に妹ちゃんは俺の足をぺちぺちと叩き、まるで「いらっしゃーい」と言ってくれているように見える。ありがとなー。

「はぁ……。私も失礼しますね」

さすがに赤ん坊二人を立て続けに運んで、少し疲れたらしいマールちゃん。両肩を軽く回しながら小さくため息をついてから、まだまだ座れるスペースのある俺の右側へと腰を下ろして――。

「おうっ!?」

「きゃん♪」

「……おぅふ」

ソファーが一気に沈み、俺とセーレたんが一斉にそっち側に倒れてしまった。

目の前には、エプロンドレスに包まれた女の子の太もも。俺はその上に上半身を乗せ、更に妹ちゃんに左から抱きつかれる形になっている。

「両手に花」を超える、まさかのサンドイッチ伯爵状態《はくしゃくじょうたい》。できれば前世で体験したかった……。

「ふふっ、申し訳ありません」

なんて言いながら、マールちゃんはくすくすと笑って見下ろし、俺とセーレたんの頭をなでなでする。日射しが当たって空色の髪がいっそう明るく輝き、見上げていると本当に空のようでキレイだ。

一瞬見とれてしまっていたことに気づき、慌てて耳かきをされるような体勢のままベビーベッドの方へ目をやる。その足元には、俺達の脱いだ服や拭いた後のタオルがまとめてカゴに入れられていた。

状況から察するに、彼女はしばらくの間、を俺達と一緒に過ごしてくれるらしい。

「ꟷ϶О«……ですね」

明るい窓の方を見て目を細めてから、俺達に微笑みかけてくれるマールちゃん。たまに耳にするフレーズで、恐らくは「いいお天気」とか「暖かい」とか、そんなニュアンスなのだろう。

少しでも言葉が分かるようになると、それを足がかりにして芋づる式に理解できる範囲が広がっていく。辞書も参考書もない状態でも、意外と何とかなるもんだ。

「……」

温かさと柔らかさに全身を包まれていると、だんだん眠たくなってきた。セーレたんも耳元で小さな息づかいが聞こえてくるだけで、特に何をするでもなくただ俺に抱きついてじっとしている。

穏やかな沈黙の時間。……しかし、やがて頭の上から、とてもキレイな声が聞こえてきた。

「♪〜〜。♪〜♪〜〜っ、♪♪〜〜〜〜」

目を開けて頭を上げてみると、マールちゃんが俺の頭に手を置いたまま歌を口ずさんでいた。ゆったりとしたテンポで、たぶん童謡か何かだろう。いつもは落ち着いた低めのトーンで話す彼女だけど、唄うときには高いハープのような声色を聞かせてくれる。

電話に出るときに限って声を裏返すオカンとは、ワケが違う。

「♪～～」

俺の視線に気づいたマールちゃんは、唄いながら微笑んで俺の頭を再びなで始めた。

そのまま寝ていいですよ、と言ってくれているみたいに。

「……」

その無言の言葉に甘え、俺はまた目を閉じて彼女に身体を預けた。俺に抱きついているセーレたんは、既に小さな寝息を立てている。

「♪～～♪～、♪～～♪～～」

俺も、幸せな眠気に身を任せることにした……。

Profile
メイドちゃんズ

名前：チャロ
性別：♀
年齢：12歳
身長：ひくめ
胸の大きさ：つつましやか
備考：猫の亜人種の
ドジっ子メイド

担当編集から一言！

モフモフしたい……！（結構切実）

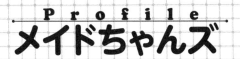

☆第九話　空に咲く、温かい花

俺は——いや、俺とセーレたんは春生まれなんだろうなー、という推測は当たっているようだ。昨日や今日では分からないけど、しばらく前と比べてみると体感的に暖かいと思う日は確かに増えていた。

昼間よりも、夜の方が分かりやすいかもしれない。寒い日が完全になくなったしな。比較的緩やかな温度変化から鑑《かんが》みるに、この地域の気候は温帯に属するんだろう。梅雨があるかどうかはまだ分からないけど、雨季と乾季のように極端な分かれ方ではないようだ。

「はい、どうぞー♪」

食事もオムツ替えも終わった朝のひととき。その後も部屋に残ってくれたチャロちゃんの手には、小型軽量で柔軟性に富む球形物体が握られていた。

物体も何も、まさにスポンジみたいなボールそのものなんだけど。

俺とセーレたんは、今日もベッドから出してもらってソファーに並んでお座りしている。チャロちゃんは俺達の前で、絨毯に直接ひざをつけて座っていた。足はつま先を立ててかかとにお尻を乗せているので、正座ではなくその一歩手前のような感じだ。

「うー」

楽しそうにしっぽを揺らすチャロちゃんの手から、両手で慎重にボールを受け取る。

「あはーっ♪」

やっほーい、ボールだボールだーっ！

……我ながら子供みたいな反応だとは思うが、実際に子供なんだから仕方がない。俺の手でも握れるお手頃サイズ、そしてふにふにと容易に形を変える柔らかさ。そして赤い色。

思わずむしゃぶりつきたくなるような、なんともセクシーなバディだぜい。

「おおーっ」

絶妙な握り具合と感触を確かめ、俺のテンションが上がる。

こ、これも握力トレーニングのためだ。決して遊んでいるワケじゃないんだからねっ！

「ほらほら、もうひとつありますよー」

「おほーっ！」

なんと、スカートのポケットからもうひとつ！　……完全に遊んでいるような気もするが、気にしなーい。

両手に花、ならぬ球となった俺はバンザイをして喜ぶ。しかし……それで終わってはいけない。

「はう～……」

横でセーレたんが自分の指を咥え、仲間にしてほしそーなうるうるとした瞳で俺を見つめているのだ。

もちろん俺はお兄ちゃんだから、ボールの片方を妹ちゃんにご進呈。はいどーぞー。

「きゃあぁあ～ん♪」

親指を口から離し、セーレたんは俺の片方の球をしっかりと両手で受け取った。そして嬉しそうに両手でにぎにぎし始める。

うひゃーっ、ラッコちゃんみたいで可愛いぜー！　写真集を出したら、最低でも一〇〇万部《ミリオン》くらいは行くだろう。

「ジャスさまは、おりこうですねーっ♪」

チャロちゃんが満面の笑みを浮かべ、俺のことをほめてくれた。八重歯がチラリと覗く。

この子もまた可愛らしい。

「ああ～ん」

「おーっ」

渡したボールをセーレたんが俺に向けてきたので、俺も自分のボールをさし出してくっつけてみた。親愛の証である。

ふたつ並んで形を変えるボールを見て、セーレたんは嬉しそうに押しつけてきた。見ていたチャロちゃんもしっぽと耳を動かして喜び、もちろん俺も二人が喜んでくれて嬉しい。

「あははははっ♪」

白い部屋の隅から隅まで、更には開いている窓から外へと、どこまでも三人の笑い声が広がっていく。この家に暗いところなど、どこにもないのであった。

「あら～？」

チャロちゃんも新しいボールを出して、三人で押しくらまんじゅうをしていると、お袋がおっとりと戻ってきた。少し前に汚れた俺達の服を持って出ていったのだが、笑い声が聞こえたんだろうか。白くゆったりとしたワンピースに、波打ってキラキラと輝く金色の髪。いつ見てもお姫様のようである。

「チャロちゃん、楽しそうね～」

「はいー！」

側までやってきたお袋に、チャロちゃんが立ち上がって話を始めた。お袋も何かを喋り、しばらくやり取りが続く。

まだまだ理解できない部分も多いが、俺とセーレたんの名前以外にも「ボール」を意味するらしい単語など、聞き取れる部分もそれなりにあった。

「あらまあ～♪」

話を聞いたお袋は、ぱふっと両手を合わせて微笑む。

そんなお袋もキレイなのだが……それ以上に、両腕に挟まれて「ぱふ～ん」というか「むにょ～ん」と形を変える二個のボールの偉大さよ。

もちろんながら、俺達の持っているボールなどとは比べものにならず、チャロちゃんもまた右に同じであった。

ソファーから見上げている俺には、お袋の顔の鼻から下が見えないほどである。

「う、うわぁ……」

しかしチャロちゃんは身長差から、ソレをほとんど目の高さで目撃してしまっていた。オレンジがかった黄色い目が点になっている。そしてさっきまで上を向いていたしっぽも、耳と一緒に垂れていく。

対するお袋はにここにこしながら、頭の上に「?」《はてな》を浮かべたような表情で首を傾けていた。

大丈夫だぞチャロちゃん。キミはこれからなんだからな!

まー、さすがにお袋やアナさんレベルは難しいかもしれないけど……。

「うふふふ〜、ありがとう〜」

「きゃう〜ん♪」

ボールは三個しかなかったようで、四人になった俺達は持っているボールを手渡すことでキャッチボールみたいなことをして遊び始めた。俺達は相変わらずソファーの上で、お袋はチャロちゃんと一緒に床の上である。お袋は背が高いので、足を横に流してちゃんと座っていた。

「あ〜ん」

「あっ、ありがとうございますー」

セーレたんも自分のボールに固執することなく、ちゃんと自分のボールを誰かに渡し、そして受け取っている。今回はチャロちゃんに渡した。えらいねー。

ボールを持った三人は、誰が渡すのかを決める。言葉の通じない赤ん坊が二人いるから、言葉よりも表情や声のトーン、ジェスチャーなどが重要だ。それで、決まった人は待っている相手の顔を見て、それから「はい、どうぞ」とボールを差し出して受け取ってもらう。たまにバッティングすることもあるけど、そのときは全部受け取って、また誰かに渡せばいいのだ。

誰から言い始めたワケでもないのだが……いつの間にか、そんなルールができ上がっていた。

「あーい」

「きゃあ〜」

不思議と飽きないこの遊び。今度はセーレたんの手が空いたので、俺のをプレゼントした。受け取ったボールを嬉しそうに両手でふにふにしているのを見ると、こっちまで嬉しくなってくる。もちろん、お袋もチャロちゃんも笑顔の花を咲かせていた。

次は、俺が誰かから受け取る番だな。

「はい、ジャスちゃ〜ん」

「どうぞですー」

「あい〜ん」

と思っていたら、全員の手が一斉に俺の目の前に差し出された。

「うっ？　ううぅ……」

え、ええっと……この場合はどうすりゃいいんだ？　たとえ両手でも、三個全部は持てないぞ？

こうなったら、どれか一個は口でキャッチするか……。

じゃあ、いったい誰のボールを咥えたらいいんだろうかーと悩み始めたところ、三人ともがほぼ同時に噴き出すように笑い始めた。

「うふふふふ〜っ♪」

「あはははは一っ♪」

「きゃあぁあ～～ん♪」

「……」

もしかして俺、からかわれたんでしょうか？　しかも、一人はまだ赤ん坊だというのに……。

コレが世にいう、女性の団結力というヤツなのか？

お、恐るべし――。


男の俺には理解できないナニカに戦慄《せんりつ》していると……お袋が手を引っ込めて立ち上がり、部屋の隅に並んでいるタンスのひとつに向かって歩き始めた。チャロちゃんはカーテンのように揺れる長い後ろ髪を見て首を傾げ、その間に俺はなおもボールをくれようとしていたセーレたんからそれを受け取った。それからもお袋を見ていると、引き出しのひとつから何かを取り出してこちらに戻ってきた。

「チャロちゃん、これを～」

「はいー？　……あっ！」

お袋の手の中から、チャロちゃんの手の中へと渡された何か。チャロちゃんはひざ立ちになり、更に耳としっぽもピンと持ち上げて、明るい色の瞳を更に輝かせた。チャロちゃんの持っていたボールはセーレたんに渡されて――これで、いちおうは全員が何かを持っていることになった。

……楽しい遊びが、終わってしまった。

「うふふ～」

「あははっ」

手の中のボールをいじりながらちょっと寂しい気分になっている俺と、もらったボールを自分の鼻にくっつけて遊んでいたセーレたん。そんな俺達に、二人は目配せし合いながら微笑んでいた。

「ジャスちゃん、セーレちゃん、見ていてね～。……さあ」

「はいっ」

お袋の言葉に大きくうなずいたチャロちゃんはひざ立ちのまま、その何かを持ったグーの手を俺とセーレたんとの間に差し出してきた。二人で同じ方向に首を傾げていると、その手が目の前でゆっくりと開かれていく。

「……う?」

「あう～?」

白く華奢な手のひらに載っていたものは、これまた白くて丸い石っころ。それは平べったく、赤ん坊の手に持つにはちょっと大きそうだった。まあ、うっかり赤ん坊が飲み込まない、安全な大きさだと言い換えることもできる。

しかも。

――その表面に、何かの図形みたいなモノが刻まれていた。

「……!!」

目にした瞬間、なにやらぞわぞわとしたような感覚が、脳天からつま先まで一気に駆け抜けた。

パッと見た限りは、刻んだ溝に塗料か何かを使っただけの意味が分からない謎のマーク。そのマークだって、特に複雑なものではない。手描きはちょっと難しいとしても、道具があれば小学生にでも描けそうだ。

だがこのとき、半ば確信にも近い予感が――興奮が、俺の心を支配していた。

「――くださいねー?」

チャロちゃんの異世界語と共に、その石っころがほんの少しだけ遠ざけられた。ソファーから動けない俺には、もうそれだけで手の届かないものとなる。もっと近くで見たかったのに……。

そのことに歯がゆさを覚えならも、俺は謎の石を凝視し続けた。

なおも見ていると――。

「……ぁ」

石全体……特に、刻まれていた図形がぼんやりと光り始めた。

だが、チャロちゃんの手の上にあるのはそれだけ。石を光らせるギミックなどは見当たらないし、もしも蛍光塗料でも塗っていたのであれば最初から光っているハズ。そもそも、昼前の明るい部屋の中でも光って見えるのだから、その光の強さはちょっとしたものだ。

暗闇の中であれば、十分に明かりとして使えそうなくらいに。

「さあ、Мτиɘж――」

お袋がなんと言ったのか、ハッキリと俺の耳に入らなかった。

だがその意味は、すぐ後に知らされた。

「あっ⁉」

「きゃん！」

俺とセーレたんが、同時に驚きの声を発する。

直前にいっそう輝きを強めた石は、その輝きをまるごと石の外へと。


――上空へと、打ち上げた。


「ふあっ⁉」

石の表面からぽーんと飛び出した光の球はゆっくりと上昇を続け、間もなくして天井と俺達との間で静止。そして優しい輝きを、空中で保ち続けた。

「……」

恐らく、みんなも俺と同じように見上げているのだろう。さっきまで温かな笑いに包まれていた部屋は、一転して水を打ったように静まり返っていた。

目を細めるほどは強くない、その光。でも確かな輝きを放つそれは、まるで小さな太陽のように、俺の目には映っていた。

「あはは……どうでしょうー？」

小さな声で笑いながら言ったチャロちゃんに少しだけ目を向け、すぐにまた仰ぎ見る。言葉もなくしばらく見つめていると、光球はだんだんと弱くなっていき、やがて消えた。

隣のセーレたんは感嘆めいた吐息を小さく漏らし……お袋は何も言わず、穏やかに微笑んでいた。

「……ぉぉおおおおおおおおーーーーーっ!!」

目に焼きついた光の余韻もなくなってから、ようやく俺の口から驚きの叫びが飛び出す。光の球が出ていた間、俺は果たしてちゃんと呼吸をしていたのか。まったく覚えていない。

石を持つチャロちゃんと隣のお袋の顔を交互に見ながら、俺は限界まで目を見開いたまま手を叩く。

「きゃあああぁあぁあああああ〜〜ん♪」

俺と同じく初めての光景を目にした妹ちゃんも、少し遅れてから、今までに聞いたこともないほどに興奮した様子でバンザイをし、喜びの声を上げた。そんな俺達を見て、お袋とチャロちゃんも頬を緩ませる。

「うふふふふ〜っ♪　ビックリしたかしら〜？」

「あははっ、喜んでいただけたみたいですねー♪」

いや、ビックリなんてモンじゃないよ!?　どう見たって、アレはアレでしょ！

決してプラズマなんかじゃない。

――「魔法」だ。

この世界には、「魔法」が本当にあったんだ！

「ほわあああああああーーーーーーーっ!!」

「きゃあぁあああぁぁああ～～ん！」

いい加減に目が乾いてきて瞬きをしながらも、俺は目をまん丸にして痛いほどに手を叩く。セーレたんも俺のマネか一緒になってぱふぱふとおててを叩き始め、お袋とチャロちゃんも一緒になって拍手を始めた。

外では本物の太陽が輝き、部屋の中では四人分の拍手と笑顔の花が咲く。

「うふふふ～。よかったわね～」

「はいっ、わたしも嬉しいですー！」

その後もチャロちゃんは、いくつもの光球を打ち上げてくれた。音も熱もない、だけどなんとなく温かみの感じられる小さな花火。

空中にいくつも咲いては消える、その花の輝きを。

「おおおおおーーーーーっ！」

「ひゃあぁあ～～ん♪」

……俺はきっと、いつまでも忘れないだろう。

☆第十話　浜辺の美少女とスイカ割りの話（？）

暖かな光に包まれ、まったりとした時間が過ぎていく。

「あぁ〜ん。きゃあ〜」

今日もソファーに座らせてもらって日光浴を楽しむ俺達。暖かい、というにはちょっとばかり気温は高いのだが、セーレたんは手足を動かし、きゃっきゃと喜んでいる。

そして俺達の足元では、マールちゃんが絨毯に座って石けんとお日様の匂いがする衣服の山を片づけていた。

「〜〜♪」

けっこうな大所帯《おおじょたい》な我が家、当然ながら洗濯物もけっこうな量である。だけどマールちゃんは鼻唄さえ口ずさみ、楽しそうに仕事をしていた。

いつもながら、マジメだなーと感心する。

「はい、どうぞー」

「ええ」

しかし、さすがに一人で片づく量じゃない。マールちゃんの隣にはチャロちゃんもいて、まずは彼女が洗濯物の山の中から服を引っ張り出して、そのしわをキレイに伸ばしてからお姉さんに渡しているのだ。

今もチャロちゃんは、親父のものらしきでっかいシャツを引っ張り出していた。それを絨毯の上に置いた布製の板に乗せると、白いしっぽを上向きに揺らしながら、だ円形の板に取っ手がついたような物体をシャツに押しつけて滑らせる。すると、服のしわがドンドン取れていった。

「できましたー♪」

「うん」

そうしてキレイになった服をマールちゃんが受け取り、手早くキチンと折り畳んで服の持ち主や種類ごとに分類していくのだ。なんとも見事なコンビネーションであった。

「はぁ……」

しかし、二人がかりでも少し疲れてしまったのだろう。チャロちゃんの耳としっぽから次第に力が抜け、へにゃりと垂れ下がっていく。それを見て、マールちゃんが彼女の肩を叩いた。

「飲む？」

「うん！」

元気よくチャロちゃんがうなずくと、マールちゃんはすぐ横にある、ソファーの横にある小さなテーブルへと目を向けた。そこにはジュースらしき飲み物が入ったグラスが、やや厚みのある石のようなコースターの上に置かれている。

マールちゃんは手を伸ばし――だけどグラスではなく、下のコースターに指先を触れた。しばらくすると、グラスの表面に小さな水滴が浮かび始める。ちなみに、グラスの中に氷は入っていない。

「はい」

「ありがとー！」

チャロちゃんは嬉しそうな顔でお礼を言ってグラスを受け取り、こくこくと飲んで「ぷはぁー♪」と可愛らしい声を上げた。元気になったようで、また猫の耳としっぽがぴんと上を向き始める。

続いてマールちゃんも、仲のいいことに同じグラスに口をつけて、残りの半分をゆっくりと飲んだ。「はぁ……♪」と、ちょっぴり色っぽい吐息を漏らす。

そして空になったグラスをコースターの上に置き、気分を新たにして仕事を再開した。

「あう～ん」

「うー？」

隣のマイエンジェル様はどうやら、俺が手に持っているボールをご所望の様子。俺は遊ばないので渡してあげると、柔らかいそれを両手でにぎにぎして楽しそうに笑った。

「あはー」

それだけで、俺の方まで嬉しくなってくる。自然と笑みを浮かべ、俺はソファーの背もたれに大きな頭を更に押しつけ、白い天井を見上げた。

その中央には、丸くて大きな磨りガラスのようなもの——恐らくは石だろう物体がはめ込まれ、室内を隅から隅まで煌々《こうこう》と明るく照らしていた。

コードレスのアイロンに、短時間に飲み物を冷やせるコースター。そして光にチラつきのない、まるでＬＥＤのような天井照明――。
そのどれもが、俺の記憶の中にある現代日本の科学文明と比べても遜色《そんしょく》がない。

「……」

魔法文明、恐るべし。

発達した科学は魔法のように見えるというが、その反対もまたしかり。俺の生まれてきた世界は、想像以上に発達しているらしい……。ファンタジーっぽい世界というと中世ヨーロッパ的なイメージだったが、これなら今後も快適な生活ができそうだ。

もしも、毎日家の窓から桶に入ったウ○コを「ファー！」とか言いながら、外の道に投げ捨てるような世界だったらどうしようと思っていたのだ。実際に、大昔のヨーロッパはそうだったらしいからな……。軽く想像してみただけでもオカンが走る。

ということで、気持ちの凹んだ俺は、頭の中で「悪寒《おかん》」を「お袋」に置き換えてみた。すると……なんということでしょう！

中世暗黒時代の街並みが一瞬にして、サンダルに白いワンピース、そして金色の髪に赤いハイビスカスの花を挿した可憐な美少女が、南の青い海と空をバックに真っ白な砂浜を楽しそ～に走っているイメージへと置き換わってしまったではありませんか。「うふふふふ～♪」と笑うお袋が目に浮かぶようである。

「……ううーん♪」

ああ、とても癒されるー。そっちの方が、精神衛生的にも絶対にいい。俺はしみじみとうなずいた。

話があさってに逸《そ》れてしまったが……今も天井で光っているこの照明については、生まれ変わった俺が最初に目にしたモノのひとつであり、同時にとても救いとなったものでもある。

右も左も判らない、更には身体も満足に動かせない状況で、もしも夜の明かりがなくて完全に真っ暗だったり、あるいはゆらゆら～と影が揺らめく薄暗いローソクが一本だけだったりしたら――。

「……」

嵐が吹き荒れ雷鳴がとどろく洋館ホラーは間に合っているので、もう一度お袋に砂浜を走っていただこう。うふふふふふー。

……だけどそのせいで、最初の頃はてっきりココが地球のどこかだと思っていたのだ。だから、特にチャロちゃんを初めて見たときには頭が真っ白になったよ……。

「あう～っ？」

「う？」

ぺちぺちと太ももを叩かれたので意識と視線を戻すと、セーレたんが笑顔で俺にボールを差し出してきた。返してくれるらしい。

受け取ると、天使ちゃんはまさに天使のように笑って自分のおててを叩き始めた。俺もなんだかめでたい気分になり、ボールを持ったままドンドンぱふぱふーと拍手をする。

「きゃあ～ん♪」

「あはーっ♪」

温かい空気に包まれた、穏やかなひととき。さすがにテレビやラジオはないらしいけど、ココではそんなモノはなくても平気だ。ネットやスマホなんかも……あれば便利だろうけど、時間つぶしのツールとしては必要ない。

「あはははは っ」

「ふふふっ」

だって、こうして可愛らしいメイドちゃん達が俺達を見て、楽しそうに顔をほころばせてくれるんだもの。

まだ聞き取れない言葉も多いし、こっちから話しかけることもできないけど……。

それでも、十分に楽しいコミュニケーションを取ることができるのだ。

「あぁ～ん♪」

「おーう！」

ほら、こうしてセーレたんともお喋りできるぜ！

なんとなーくだけどな？

この世界に魔法——手から直接なにかを出しているのを見たことがないから、仮に【魔導具《まどうぐ》】とでも呼ぶことにしようか。そんな男心をくすぐるモノを見て、テンションがうなぎ登りの今日この頃。俺の気持ちと同様に、日中の気温もわずかにだが確実に上昇していた。夜には、虫の声が聞こえるようにもなってきている。

陽《ひ》の射し方を見るに今日も午前中に起きられたらしく、セーレたんはチアリーディングのように、そして俺はひっくり返ったオモチャのロボットのように、ベビーベッドの上で手足を動かしてあいた。すっかり日課となったトレーニングである。

「あーうっ。あーうっ」

「ああ～っ、ああ～ん♪」

「あー……ふぅ」

「はふ～ん……」

相変わらず、すぐにバテるんだけどなー。夕暮れの河川敷《かせんじき》で殴り合った後のごとく、二人で大の字になって休む小人《しょうにん》。

あんた、なかなかやるじゃないか。フッ、お前もな……。

「……」

いつもの残念な脳内劇場を切り上げ、俺は重い頭を少し動かす。

相変わらずの、ちっちゃな手のひら。もっともっと大きくなったら、俺も彼女達のように魔導具が扱えるようになるんだろうか。

……というか、ナニをどーすれば使えるようになるんだ？　一日どころか、一刻でも早く使ってみたいんだけど。

「うーん……」

俺の封印された右手がうずくぜー。

「きゅう～？」

思い悩んでいると、セーレたんが愛らしい声を出してグーパーしていた俺の手を握った。そして小さくシェイクハンド。

「あう〜ん♪」

「あはー」

運動直後でちょっと暑いけど、その温もりに癒されるー。前々から思っていたけど、この子って何かオーラみたいなものがあるよね。

窓から入ってきた風が俺の顔を優しくなで、あまり多くない髪をくすぐっていく。涼しくて気持ちがいい。

ちなみに、ときどき頭皮のマッサージ……というか、適当にぺちぺちと叩いて刺激は与えているのだが、そっちの成果のほどは不明。手足の方は、だんだん力がついてきたような実感があるのになあ。

「……ん?」

そういえば、さっきからかすかに「ヒュン!」と風を切る音が外から何度も聞こえてくる。なんだろう?

「――入るわね」

耳を澄ましていると、反対方向からノックの音と女の人の声が。もう見なくても分かるけど、上から俺達の顔を覗き込んできたのは、やはりアナさんであった。更に横から、チャロちゃんもひょっこりと耳と顔を出した。俺達を見た瞬間、ぴこっと両耳が上に跳ね動くのが可愛い。

「Яоч、掃除しますよー♪」

今日も楽しそうにしっぽを振りながら、チャロちゃんがセーレたんのいる方に回ってベッドの金具を外し始めた。アナさんも俺達に優しく笑いかけて頭をなでてくれた後、同じく俺の側の金具を外して柵を倒す。ハッキリと聞き取れなかったけど、ベッドの上を掃除してくれるのだろう。毎日のことだからな。

先に柵を倒し終わったチャロちゃんが、身を乗り出すようにして天使ちゃんを抱え上げる。

「うぅん……しょっ！」

「きゃあ～♪」

セーレたんは手足を動かして喜んでいるが、そのせいでチャロちゃんが少し苦労していた。ただでさえ小柄だし、俺達も成長しているからな。チャロちゃんは持ち上げるのを一旦やめ、しっかりと抱え直してから「ふんっ！」と少々乙女らしからぬ声を上げて持ち上げた。ほんのりと顔が紅潮し始め、持ち上げるのと同時に上を向いたしっぽがぴぴぴと震えている。彼女には悪いけど、見ていると思わず口元が緩んでしまう。

でもセーレたーん？　いい子だから、大人しくしてあげようなー。喋れないのでそう思いながら目差しを注いでいると、俺の番がやってきた。

「さあ」

そう短く俺に声をかけると、手慣れた様子で易々と抱き上げるアナさん。俺が大人しくしていたせいもあるんだろうけど、さすがである。

「あうっ」

そして俺の上半身がアナさんの母性の象徴に乗り上げ、軽くバウンドした。いつもながら、すごい弾力性である。

「うんっ……しょーっ！」

俺が極上のサスペンションに揺られている間に、チャロちゃんは大人しくなったセーレたんをなんとか抱っこし、アナさんのすぐ後ろにあるソファーに運んで天使ちゃんをお座りさせた。直後、ソファーの足元にひざをつき、セーレたんのすぐ横に頭を乗せてぐったりしている。その重みでセーレたんが傾き、チャロちゃんの頭に抱きつく格好になった。

「はふー……」

「きゃあ〜ん♪」

まるで「ありがとう、お疲れさまー！」と言っているみたいで、なんとも微笑ましい光景だ。

「ふふふっ」

アナさんも二人を見て笑い……そしてサスペンションが揺れる。思わずしがみついてしまった。

ミルクの中に完熟バナナを入れたような、なんとも甘い香りがふわふわと漂う。

「……う？」

ちょうどそのとき、窓の外からひときわ鋭い風を切る音が聞こえてきた。顔を上げた俺に気づいたアナさんが、俺の期待に添うように身体ごと振り返ってくれる。更に窓に向かって歩いてくれて、俺は暖かく眩しい光に目を細めた。

「……」

ちょっぴり怖々と、だけど少しずつ目を開く。外の新鮮な空気が俺の肺を満たし、鮮やかな緑の色彩がだんだん見えるようになってくる。とはいえ、まだピントはぼやけていてハッキリとは見えない。だが、その中に黒っぽい人影があることは、すぐに判った。そのシルエットはかなりの長身で、しかも服装の色には見覚えがあった。親父だ。

「おおー！」

期待に俺の胸は弾み、アナさんが俺の頭をなでながらくすりと笑い、その胸もまた弾む。

親父は朝に俺とセーレたんを見に来てくれたときと同じラフな格好で、何やら長い棒のようなものを両手に持ち、背筋を伸ばして自然体で構えていた。先端が空を向いているそれを見れば、休日のサラリーマン恒例の（?）、接待ゴルフの練習ではないことは明らかである。

茶色い色から考えても、恐らくは木刀か。いや、棒はまっすぐで反りがないように見えるから、「木剣《ぼっけん》」と呼んだ方がいいかもしれない。……聖徳太子の持ってるアレじゃないよな?

「……」

ところでその木剣とやら、ちょっとばかり長すぎるような……?　親父の背丈から考えて、一メートルどころじゃないように見えるんですけど。

しかし親父はそれをゆっくりと、まったく身体を揺らすことなく振り上げた。

そして、瞬きをする間もなく振り下ろす。

「……ッツ！」

かすかに親父の息を吐く音が聞こえ――ることはなく、恐らくはその声をかき消したのだろう。代わりに、空気を切り裂く鋭い音が耳に飛び込んできた。

「うわぁ……」

す、すげえ……！　あまりの迫力に、思わず背筋がゾクゾクした。

しかも剣先は、芝らしき草のギリギリ真上でピタリと止められていた。俺の視力ではそこまで見えないが、地面を叩く音がしなかったのだから解る。

「フッ！」

次に親父は木剣を横に構え、水平に振るった。野球のスイングとはちょっと違うように見えたそれは――しかし、速すぎて具体的にどう違うのかは分からなかった。

というか、一瞬だけ見えた半円の軌跡がとてつもなく大きい……。

今、俺の顔をなでたそよ風も、実は親父の剣によって生み出されたモノなんじゃないかと錯覚してしまう。野球のボールくらいなら、ホームランどころかむしろ真っ二つにしてしまいそうだ。

しばしば親父は軍服っぽい服を着ているが、本当に軍人か騎士のような仕事をしているのだろう。

それも、我が家の裕福っぷりを考えれば、そこそこ高い地位で。

だけど……再び木剣を構えた親父を尊敬しながら見ていると、その緊張感からあまりに程遠い、なんともほわ～んとした声が聞こえてきた。

「あら～、まあ～♪」

思わず頭が傾き、ズッこけそうになってしまった。見ると、窓枠の外……その下の方から、お袋が顔を出していた。

「……ぉお？」

太陽の光を浴びて、お袋の柔らかな笑顔と全身が金色に輝いている。本当に女神様みたいだ……。

それにしても、俺がお袋を見下ろしていることに違和感を覚えるが、家の中と外では高さが違うのだろう。でも、なんでそんなところに……と思ったけど、どうやらお袋は外に置いてあるアウトドア用のテーブルでくつろいでいた模様。そんなモノが置いてあったんだな。そのすぐ近くにはなかなか立派な木が生えていて、テーブルとその周囲に木陰を作っていた。葉っぱのすき間から明るい光が漏れ、俺とアナさんのいるところにも同じ木漏れ日が当たっている。

お袋が手を振ると、アナさんが俺の小さな手を取って、ぷらぷらと左右に振ってくれた。

「ところで、セーレちゃんはどこなのかしら～？」

首を傾げながらの問いかけに、アナさんは何か早口気味に答えて俺ごと後ろを向いた。外が明るかったせいで部屋の中が急に暗くなったように見えたものの、すぐに目が慣れてくる。

ソファーではラブリーな妹ちゃんがお座りし、絨毯にひざをついたままのチャロちゃんが楽しそうに振っているしっぽを目の前に見せて遊んでくれていた。……あ、セーレたんがしっぽを掴んだ。

俺はまだ触らせてもらったことがないので、ちょっとうらやましい。

「あう～、う～」

だけど、俺が見ていることに気づいたセーレたんは、そのしっぽを手放して俺の方へ手を伸ばしてきた。あまりの可愛らしさに、胸がきゅんとする。

「あ、あははー」

「もう……」

片やチャロちゃんは、こっちに目を向けて苦笑いを見せた。アナさんはため息をついている。そして何やら指示を出すと、チャロちゃんはすぐに立ち上がってベビーベッドの布団を畳み始めた。

どうやら、「早く持って行きなさい」とか、そんなことを言われたようだ。

で、布団を抱えてドアに向かって歩いてくチャロちゃんを見てから、アナさんは俺を抱っこしたままセーレたんの方へ。チャロちゃん頑張れーと、心の中でエールを送っておく。

「さあ、セーレ様も」

「きゃあ～ん♪」

おおう。なんとアナさん、俺を片手で抱っこしたまま、もう片手でセーレたんをも抱き上げた！

さすが力持ち――げふんげふん。

……ではなく、バイタリティーにあふれていらっしゃる。

「おー」

「ああ～ん」

同じ胸の上で再会を果たし、俺達は紅葉のようなおててどうしを繋いで喜び合う。それを見たアナさんは小さな笑いを漏らしながら、ゆっくりと再び窓際に歩き始めた。

「きゃあ～」

「うふふふ～。セーレちゃんも楽しそうね～」

セーレたんもお袋に会わせてもらうと、いっそう嬉しそうな声を上げた。親父も俺達に気づいたようで、こっちへ歩きながら軽く手を上げていた。セーレたんは親父にもエンジェリックなスマイルを見せる。

暖かな木漏れ日を浴びて笑うセーレたんは、お袋にも負けずキラキラと輝いていた。

「きゃあああ～♪」

「はっはっは」

天使ちゃんは片手を伸ばすと、親父が嬉しそうに笑った。親父の短い銀髪が日光にきらめいている。ハッキリ顔が見えなくとも、その輪郭が既にイケメンである。

「……」

それにしても、なんというキラキラ家族だろうか……。何かのレアカードか？

「は～い」

「ああ」

隣に来た親父に、お袋がテーブルの上にあったカップを手渡す。さすがセレブ、お茶を飲みながら優雅に親父のことを見ていたらしい。

それを片手で一気に飲み干すと、なんともカッコイイ笑みを浮かべてカップを返した。銀色の髪と、白い歯がキラリと光る。

「……ふふっ♪」

お姫様みたいなお袋でさえ、夫の笑顔にちょっと照れているように見えるのは気のせいだろうか。

親父の飲んだカップを、両手で包むように持って微笑んでいる。

「ありがとう、【セフィ】」

「うふふ～」

お袋の名前が「セフィ」というらしいことが、最近になってやっと分かった。なにしろ、メイドちゃんコンビはそう呼ばないし、メイド服を着ているときのアナさんも普段は同じだ。恐らくは「奥様」みたいな呼び方なんだろうと思う。そして親父の名前は――まだ聞いたことがない。

それらしい単語の候補はあるけど、お袋の例から考えると「ご主人様」とか「旦那様」とか、そういった単語である可能性が高いからな。まだ確信が持てないのである。

「よしッ！」

お袋から愛のお茶をもらった親父は、木剣を持っていない方の手をグッと握った。それから俺とセーレたんに何かを語りかけ、また庭の真ん中へと戻っていく。お袋は窓のすぐ側に立ったまま、俺達もアナさんに抱かれたまま、親父のトレーニングを見学する。

まだ家の外に出してもらえない俺達にとって、じっくりとお外を見せてもらえる機会はなかなか貴重だ。

「ダアッ！　フゥッ！」

再び親父が木剣を振りだす。お茶を飲んでいたときに分かったが、アレは親父の胸くらいまでの長さがあった。やはり一メートルどころではないだろう。当然ながら相応の重さもあるハズで、なのに親父は軽々と、ときには片手で振り回している。そこまでムキムキには見えないんだけど、スゴイ腕力だ。肩や手首も強いんだろうな。

「おおー！」

「きゃは～ん♪」

俺は、素人目にも解るその研鑽《けんさん》ぶりに――そしてセーレたんも、それがスゴイことは分かるのだろう。ビュンビュンと風を斬り続ける親父に、アナさんの胸をぱふぱふと叩いて賞賛の声を贈っていた。

……俺は叩かないぞ？

アナさんも鼻から静かに息を抜きながら何かを呟き……お袋は何も言わずに、ただじっと金色の後頭部をこちらに見せている。長すぎる髪をまとめているリボンが可愛らしい。たまにそよ風が吹いて、わずかに揺れるだけだ。

「ハアアアアアッ！」

主に俺とセーレたんの歓声に、親父のテンションはますますヒートアップ。ひときわ大きな雄叫びを上げると、地面の芝スレスレを削るように剣が振るわれた。

いや……実際によーく見てみると、草の先っぽが散って宙を舞っていた。それでも剣速に衰えはまったく感じられず、木剣なのにまるで本物のような切れ味を見せている。

顔はイケメンで背は高く、身体もよく鍛えていて剣の腕前は見ての通り、しかも俺達にはとても優しい。歯も光るし、いったいどこまで完璧超人なんだろうねえ……。

とは思うものの、目の前で繰り広げられている迫力満点の剣舞に、俺の男心は刺激されまくりである。ますますキレとスピードを増していく剣技に、俺もセーレたんもより大きな声援を送る。

「おおおおー！」

「きゃあぁああ～♪」

「はっはっはっは！」

親父も喜んでくれたようで、グッと両足を開いて横に剣を構えると、まるで竜巻でも起こしそうなほどの強烈なスイングを見せてくれた！

あまりのスピードとパワーに、かすった地面が斬り裂かれ、土と草が吹き飛ぶ。

「おおおおおおーーーー!!」

「あああ～ん♪」

俺はもちろんのこと、セーレたんも大はしゃぎだ。

しかし――。

「……はあぁぁぁぁ」

俺の後頭部に、なんとも深いアナさんのため息がかかった。まあ確かに……スゴイ剣術ではあったけど、扇状にハゲてしまった庭の一部を見ると、アナさんがため息をついたのも納得できる。

直すの、タイヘンそー。

「……」

そう思っていると、微動だにしなかったお袋が、おしりの辺りまで届く長～い金髪を揺らしながらゆっくりと親父の方へと歩いていった。満足げに剣を振り抜いた親父は、お袋の顔を見ながら大股を開いた姿勢を維持している。

きっと、「もう、パパったらダメじゃな〜い♪」とか、やんわりと注意されてしまうんだろうな。

なにしろ、生まれて一度も怒った顔など見たことのないお袋である。想像もつかない。

「うふふふ〜」

思った通り、お袋の穏やかな笑い声がかすかに聞こえてくる。

そして親父もきっと、苦笑いでも浮かべながらひと言「ははは、すまない」とでも言って一件落着――。


「ヒイッ!?」

「!?」

な、なんか親父……。

いきなり怯えきった叫び声を上げて、直立不動になりましたよ?

「うふふふ〜」

一方のお袋は、こちらに背中を向けたまま、いつも通りの笑い声を漏らしている。……ように、聞こえる。

いったい親父は、お袋のどんな顔を目の当たりにしているのか――。

戦慄する俺の隣で、セーレたんは青い瞳を俺に向けて小首を傾げ、背後のアナさんは再び小さなため息をつく。

「――」

遠くて聞こえないが、お袋が親父に何かを言ったようだ。

「は、ハッ！」

その直後、親父がビシッと敬礼をした。まるで、将軍閣下に直接命令された三等兵のようである。で、親父は木剣を脇に抱え、両手を腰に添えて駆け足でどこかに行ってしまい――またすぐに戻ってきた。その手に木剣はなく、代わりにそこそこ大きな木の箱を持っている。

それから親父はお袋の足元にしゃがみ込むと、木箱から次々と道具を取り出し、扇状にハゲ上がった地面をせっせと直し始めた。

過去に何度もあったのか、その手つきは意外とスムーズである……。

「うふふふふ～♪」

その姿を見下ろしていたお袋は、いつも通りのお姫様スマイルを浮かべ、長い髪とスカートをゆったりと揺らしながら戻ってきた。俺と目が合うと、小さく手も振ってくれる。

「きゃあ～ん」

セーレたんも嬉しそうに声を上げた。俺も笑顔になる。

「あ、あははー……」

くれぐれも、お母様を悲しませるようなコトは慎もう。

俺は頬を引き攣らせながら、心に深く深ーく刻み込んだのであった。

Profile

ママ

セーしちゃんは、
『お兄ちゃん』が
大好きね～

名前：セフィ
性別：♀
年齢：15歳
身長：たかめ
胸の大きさ：アルプス山脈
備考：天から十物くらい与えられた
パーフェクトレディ

担当編集から一言！

Mie（み～）さんの活動報告でカバーイラストを公開した時に「めろんが……」と感想欄で書かれているのを拝見して、「激しく同意！」と思ったことが記憶に新しい。

☆第十一話　みんなであそぼう！

――本格的に暑い日が増えてきた。夜になると、虫の声なんかもよく聞こえる。

俺は涼しい時間帯に起きているとき、またいろいろと考えるようになっていた。前世について思うこともいろいろとあるが、今のホットな話題は「魔法」について。いや……魔導具について、と言った方がいいかもしれないな。

セーレたんがすやすやと眠っているすぐ隣で、俺は心地よい虫の声とハニーの寝息をBGMに、魔導具の明かりが消えた薄暗い天井をぼーっと見上げていた。

「……むー」

あの光球を初めて見た後も、誰かが道具なしにそれらしいものを使っているのを見たことはない。まだ断定するのは気が早いが、この世界での魔法は必ず魔導具を介する必要があるのか……あるいは、特定の才能か何かがないと使えないのかもしれない。この部屋の照明にも使われているくらいだし、むしろ特殊な力を誰にでも簡単に使えるようにと作られたモノこそが魔導具である、という気がする。

「……」

俺の知っている限り、魔導具には人の魔力が必要。常に送り続ける必要ないのかもしれないけど……時間が経つと効果がなくなってしまうことは、天井の明かりを見ても間違いあるまい。つまり、魔法の道具とはいっても「夢の永久機関」などではなく、人からのエネルギー供給が必要だということ。

そして人間の——俺自身の中にも、きっとその魔力があるハズなのだ。

その証拠に。

「すぅ～……」

隣で気持ちよさそうに眠っているセーレたんからは、今でもそれらしいモノをひしひしと感じるんだよね。

最初は、美少女すぎてオーラがほとばしっているのかと思っていたのだが……。

「……」

誰かが聞いたら思いっきり笑われそうなんだけど、実はお袋からもビシバシと感じていたので、異世界とはそういうモノなのかと本気で思いかけていたのだ。しかし、チャロちゃんにもそこそこ感じられたオーラは、なぜかマールちゃんやアナさんからはあまり感じられなかったので、その説は否定された。ちなみに親父も——美少女ではないのは当然として、やっぱりイケメンなのにオーラ的なものはそれほど感じない。

となれば、それこそが「魔力」なのではないかと、俺はそう考えているのである。

「うー」

で、肝心な俺自身は……まったく分からない。悲しいくらいに、まったく。

自分自身のだからこそ分からない、というのでなければ、俺は才能ナシということになってしまう。俺と双子だろう天使ちゃんがバリバリなのだから、俺だってそれなりにあるものだと……信じたい。

「……」

俺はゆっくりとまぶたを閉じた。ぼんやりとカーテンから漏れていた光さえもなくなり、俺の視界は真っ暗になる。そして俺は、俺の中にあるハズの、魔力的なマジカルパワーを探ってみる。

目を閉じたのは感覚を研ぎ澄ますためだ。決して、悲しくてちょっと涙が出てきそうになったからではない。

そんなモノより、俺は魔力的な何かに出てきてほしいのだ！

さあ俺の才能よ、カモーン。恥ずかしがらずに出ておいでー！

「うー」

「ううう――っ！」

「……ふぅ」

気張りすぎて疲れた。赤ん坊の体力は少ないのだ。

それに、あんまり力《りき》むと下半身から違うナニカが出てきそうで怖い。それは勘弁である。

「……ふぁあ」

力を抜いていると、だんだん眠たくなってきた。……フッ、今日はこのくらいにしておいてやろう。魔法は一日にしてならずと言うしな……言わないか？

俺は自分自身に捨てゼリフを吐き、ついでにため息も吐き出してから寝ることにした。

セーレたん、おやすみー。


また何日か経ったある日。今日は親父が休みらしく、朝から俺達の部屋に遊びに来てくれていた。

「は～い、きれいになりまちたね～♪」

「あはー」

お袋にオムツを交換してもらい、身も心もスッキリ！　……日に何度も替えてもらっているのだ。

ついでにチャクラも開いてくれれば、俺にも魔導具が使えるようになるかもしれないのになー。

とうに悟りも瞳孔も開きまくっている。

「ほほう、иϭχнə――」

ラフな服装の親父がお袋の肩の後ろから顔を出し、恐らくはお袋の手際の良さをほめたのだろう。

お袋が嬉しそうに笑っている。

ちなみに親父も、何度も俺やセーレたんの世話を手伝おうとしてくれたことがある。イケメンで剣術の腕前もすごくて、更には赤ん坊の世話まで積極的に手伝おうとするなんて、なんと理想的な父親なんだろうか……。

だが実は、親父はあまり手先が器用ではないらしい。おっかなびっくりな手つきでセーレたんを逆に怖がらせて何度も泣かせてしまうなどして、今ではすっかり懲りてしまったようである。

親父には悪いけど、目の前にでっかい手が迫り来てブルブルと震えていたら、怖くて泣きたくなる気持ちはよーく分かる。俺も不安で硬直したもんなぁ。

しかし、俺達の抱っこの仕方だけはなんとかマスターしている。なるべくガマンしていた俺のときはともかく、初めて天使ちゃんを泣かせずに済んだときなんて、むしろ親父の方が大はしゃぎをして、セーレたんが蒼い瞳をまん丸にしていたことを覚えている。

「はははっ」

「あ～」

お袋が汚れ物を持って部屋を出ていた間、親父は俺とセーレたんを交互に抱き上げ、高い高ーいをしては嬉しそうに笑っていた。

「……はい、ジャスちゃ～ん」

「おおー！」

お袋が戻ってくると、親父と二人で俺達を絨毯の上に下ろしてくれた。ふかふかのソファーも悪くないが、広い絨毯の上はそれはそれで魅力的なフィールドである。メイドちゃん達が毎日ちゃんと掃除してくれているから、ゴミなんて落ちていないしな。

まだ一人ではお座りできないのだが、少し支えてもらえれば一応はできる。広い部屋を見渡すと、そびえたつ家具が小《こ》ジャレた高層ビルやマンションのように見えてきて、けっこう楽しい。向かいの妹ちゃんも親父に背中と頭を支えてもらい、きゃっきゃと笑っていた。

朝の光が窓から降り注ぎ、可愛らしい笑顔をよりいっそう輝かせる。まさしく、地上に舞い降りた天使であった。

「うふふふ～。さあ、ジャスちゃん、セーレちゃ～ん」

しばし俺のことも親父に託したお袋は、タンスの上のぬいぐるみや、部屋の隅っこにあったオモチャ箱らしいところからオモチャを持ってきて、俺達の周りに置いた。セーレたんはそれらを見てますます瞳をきらめかせ、俺は俺で異世界の赤ちゃん用オモチャの数々に、それなりの興味を引かれてアレコレと視線を動かしていた。

謎の動物のぬいぐるみや、獣耳《けもみみ》としっぽのついたお人形。そして、フェルトのような布でできているらしい、派手な色のブロックなどなど。日本のオモチャですらそんなに詳しくはないが、向こうにもありそうなモノも多い。赤ん坊の喜ぶオモチャは、世界が違っていてもそれほど変わらないのかもしれない。

今度は親父のあぐらの上に座らされると、親父は周りにあるいろんなモノを取っては、俺の前に見せてくれた。見るだけではなく、もちろん触らせてもくれる。

「おー？」

ほほう。この布製のピラミッド、中に鈴が入っているのかー。叩いてみると、かすかに音が聞こえる。なかなか粋《いき》な作りである。いぶし銀だねえ～。

「ははは、ジャスは――」

なんにでも興味を示す俺の様子が面白いのか、親父が何やら言いながら穏やかに笑った。お袋もセーレたんをひざに乗せ、俺を見てにこにこしている。

向こうの方が明らかに座り心地がよさそうだけど……ま、それは言うまい。

「これはどうだ?」

「おおー」

このぬいぐるみっぽい人形は、なんと中に柔らかい針金が入っているらしい。ポーズを自由に変えられて、かつ固定できるのが魅力だな。かなり力がいるけど。

ちなみに今は、手足が人体構造的にあり得ない方向に折り曲がっていて、猟奇事件みたいになっている。

「うーうー」

……はい、私が犯りました。

哀しい事件であった。

「ああ~ん。あ~っ」

俺の脳内二時間サスペンスが佳境を迎え、崖の上で一部始終を語り尽くした犯人(俺)が逮捕・連行されていくシーンをバックに、スタッフロールと女性ボーカルの主題歌が流れ始めた頃。セーレたんは背中を預け、笑っているお袋を見上げておててを伸ばしていた。

それに気づき、お袋は頭をなでなでしてから、手近に置いてあったぬいぐるみを取ってセーレたんにも見せてあげる。あっちの方はまだしっかりと、存命していそうなポーズであった。

ちなみに、俺もよーく観察してみると……。

四本脚でしっぽと耳は長く、だけど鼻は小さく、代わりに額には小さな角があって、鋭そうな牙もあるけど顔立ちそのものはわりと愛らしく、そして全身はピンクでモコモコしている――という生物？　で、あった。

今のこのときまで、まったく俺の目に留まらなかったことが不思議でならない。

「……う～？」

俺の感性ではファンシーとファンキーの中間あたりに位置づけされる謎のオブジェクトを前に、セーレたんは澄んだ瞳をぱちぱちとを瞬かせ、その頭をわずかばかり斜めに傾けた。至極《しごく》真っ当なリアクションである。

それにしても……コレ、この世界には本当にいるのか？　セーレたんは文句なくキュートだからいいとして、見上げると親父まで首をひねっているぞ。もしかして、錬金術か何かの産物？

だがお袋はそう思わないのか、未知の物体《アンノウン》をセーレたんの前で小刻みに振りながら、いつも通り綿菓子のような微笑みを浮かべている。

「うふふふふ～♪　可愛いでしょう～？」

ひざに抱く娘とまったく同じキレイな瞳で、小首を傾げながら同意を求めるように俺と親父を見つめてくるのだが――。

「い、いや……う、うぅむ」

「う……、うー？」

夫と息子は、何も言えなかった。

お袋様の問いかけには笑ってごまかし、未確認動物《ユーマ》で遊び始めたセーレたんの無邪気さに頬を緩めた俺達。なお、ちっちゃなおててに持つには少し大きいので、絨毯の上に降ろしてもらって例のブツを転がして遊んでいる。「ぶーぶー♪」という感じで。

「ほら、ジャス」

「おー」

そして俺も同じように、親父から次々といろんなモノを手渡されてはいじくり倒す遊びを続けていた。コレが意外と楽しく、また異世界文化の理解にも役立つのであなどれない。そこでビックリしたのが、いかにも男の子が好きそうなオモチャの中で、箱に四つの車輪のついたモノがあったことだった。

まあ……少し考えてみると、荷車や馬車みたいなモノさえあれば、異世界にも普通にあっておかしくはないんだけどな。その発想がすぐに出てこなかったので「まさか自動車かっ⁉」と目を見開いてしまったのである。

ところで今、その車は絨毯の上に置かれ、俺の手によって前後に動かされている。ぶーぶー。

「はははは」

「うふふふ～」

少しずつ気温の上がってきた、明るい部屋の中。親父とお袋は寄り添うように座って手を握り合い、俺とセーレたんが遊ぶ様子を眺め、とても幸せそうに微笑んでいた。

「うーうー」

あはは。まったく、お似合いすぎて笑うしかない。

「……おお！」

俺は俺で、いかにして車輪が絨毯の毛に絡まないで済むかを工夫しながら遊んでいると、不意に親父が声を上げたのでそちらを見た。すると親父はひざを立てて少し前に出て、そのまま床に両手をついて四つんばいになった。いわゆる「お馬さんスタイル」である。

続いてお袋も「あらあら～」と笑いながら、スカートに手をやりながらゆっくりと立ち上がる。

「……」

おいおい、いくらラブラブだからって朝っぱらからそんな――。

というジョーダンを頭に浮かべる間もなく、俺は背後に回ったお袋によって持ち上げられて、親父の背中に乗せられた。

……あれ、いつの間に俺の後ろに？

「おおーっ！」

新しい遊びに、俺の疑問はどこかに飛んでいく。かなり不安定だけど、すげー背筋だ……。

それに、この目線の高さ。ソファーに座らせてもらったときよりも高くなった。さすがにベビーベッドには及ばないものの、下を見るとちょっとスリルを覚えるほどである。

決して悪くはない、それどころかけっこうテンションが急上昇しているのだが……さっきまで後頭部全体に当たっていたクッションの、なんとも言えぬ柔らかさにはさすがに及ばない。母は偉大だ。

「うふふふ～。さあ」

「ああ」

お袋が声をかけると、親父はうなずいてからゆっくりと四つんばいで歩き始めた。

おおっ、背筋がっ！　肩甲骨がぁー！

「あーお♪」

コレは楽しい！　馬というよりは象か恐竜にでも乗っているような気分だが、波打つ親父の背中に這いつくばるのは、なかなか非日常的な経験であり、男の本能的な冒険心を刺激される。お袋も、隣をゆっくりと歩きながら俺の身体を支えてくれているから、スリルはあっても危険は感じないし。

「うふふ～。ジャスちゃん――」

「はっはっは！」

お袋は女神様のように上から俺を見守り、親父は俺のはしゃぐ声を聞いて笑い、ますます身体を揺らす。

赤ん坊の身体は、なんて不自由で不便なモノなんだと、心の中で悪態をついたことも数知れないが――。

「あははー！」

こういう「家族との触れ合い」が素直にできるのって、せいぜい幼稚園くらいまでだよな……。

ガキんちょの年になったら、さすがにこっ恥《ぱ》ずかしくって頼めないし。

普通なら、大きくなったら忘れているハズのこんな経験も……きっと俺は、これから何年経っても覚えていられるだろう。

「……」

神様なんてモノが、本当にいるのかどうか知らないけど。

このことについては、ちょっと感謝しないといけないかもしれない――。


「あああ～んっ！」

「……ぅ？」

大きな声が耳に入り、我に返った。ワイルドなお馬さんの上から見下ろすと、セーレたんが俺に向かって一生懸命に両手を伸ばしている。

ずっと遊んでいたハズの謎生物は、その隣にころんと横たわっていた。

「はう～ん、あぅ～……」

「……」

ただ、ぬいぐるみに飽きただけなのかもしれないし、両親を独占している俺がうらやましくなったのかもしれない。

でも、まっすぐに俺に視線を向けてくれるあの子を見ていると――都合のいい解釈なんだろうが、何よりも俺のことを求めてくれているように見えて、すごく嬉しかった。

「おおーっ！　あーっ！」

親父の歩みが止まっていたので、俺もなんと片手だけをあの子へと伸ばす。するとお袋が穏やかに笑い、それに気づいたらしい親父も俺達のことを見て、短い笑い声を漏らした。

「うふふふ～。あらあら～」

「フッ……」

再び動き始めた親父は、まっすぐあの子の元へ。セーレたんが親父の腕を叩き始めると、お袋は倒れたぬいぐるみを起こしてから、脇の下に手を入れてふわりと持ち上げ、そして俺のすぐ後ろに座らせた。

すると、途端に嬉しそうな声で喜ぶ妹ちゃん。

「あはっ、きゃあぁあ～ん♪」

「あははー！」

ぺちぺちと後ろから頭を叩かれるが、痛さなどなく、出るのは笑い声だけ。お袋も俺達を両手で支えながら、本当におかしそうに笑い始める。

親父も、なんとか俺達のことを見ようと首をねじり——。

「ううッ!?」

背中の水平を保ちながらムリヤリ振り向こうとした結果、どうやら首に痛みが走ったらしい。無理はいかんよ？

「……ぐむむ」

そして熊のごとく巨大な全身を震わせ、それから残念そうにうつむいた。背中から哀愁《あいしゅう》が漂っている。

それを見て、お袋がますます笑う。

「まあ、あなたったら……うふふふ〜！」

「……ははは」

親父も下を向いたまま、小さく肩を震わせた。

もちろん、俺とセーレたんも。

「きゃあぁあああ〜ん♪」

「あははははー……おほうっ⁉」

ちょっ⁉　せ、セーレたん、髪は引っ張らないで！　抜けたら困るッ‼

遠くから鐘の音が聞こえてくるのも気にせず、俺達は疲れるまで思いっきり笑ったのだった。

☆第十二話　スキンシップは容赦なく

——最近になってひとつ、分かったことがある。

「うひぃ……」

この世界にも、セミはいるのだと。

眩しいのを通り越して、目に痛みさえ覚えるほどの日射し。メイドちゃんズがカーテンを閉めてくれているが、そうすると今度は、窓は開けてあっても風の通りが悪くなってしまう。

幸いなことに、前世と比べれば湿度は大したことはないようだが……いかんせん赤ん坊というのは新陳代謝が活発で、体温が高い。実はよくは知らないけど、理屈から考えるとたぶんそうだろうし、実際にセーレたんに触ってみてもそんな気がするので、合っていると思う。

「やあん！」

「……うー」

手を取ろうとしたら、嫌がられてしまった……。だが、その気持ちはよーく解るので仕方がない。

「あぅ～……」

「うひぃー」

セミの合唱が恨めしい。真っ昼間《ぴるま》から、気持ちよさそうに熱唱しやがって……。

だがこの世界でも、夏はやっぱりクソ――おおっと。

心の中とはいえ、この子の教育上、乱暴な言葉遣いはよろしくないかな？

「……はぁ」

この世界でも。

やっぱり、夏はうんち暑いのであった。


「……」

日中に身体を動かすのは苦行すぎるので、暑い時間帯はなるべく魔力トレーニングに費やすようにしていた。心頭滅却すれば何とやら、である。

目を閉じて呼吸を整え、今日も俺はひたすら己の中にあるハズの、小さな宇宙的パワーを探ってみる。

「……あぅ～ん」

「ぎゃっ⁉」

い、痛《い》ってえ……。セーレたんにおデコを叩かれた！

見ると、顔中に玉のような汗を浮かべたセーレたんと目が合う。ちょっと目つきがうつろだ。そして投げ出したような右手が、俺の額へ見事な逆水平チョップをお見舞いしていた。その手もやっぱり湿っている。俺はその手を取り、そっと下の方へと戻してあげる。

　これしきのことで、お兄ちゃんは怒らないのである。

「やぁん！」

「ぎゃぅ⁉」

まさかの二度目⁉　同じところに同じチョップを食らい、目の中に星が飛んだ……。

で、でも、お兄ちゃんは怒らないのだ。

「や～ん！」

「ほっ」

……フフフ。三度目は受け止めたぜ。

実際のところは逆なのかもしれないが、それでも俺は精神的にお兄ちゃんなのだ。そう何度も――。

「あぁ～ん♪」

「ぐふっ!?」

今度は足を蹴られたあああ！　可愛い顔して、なんという策士……。

さすが俺のセーレたんだな！

だが楽しそーな顔を見ていると、集中を乱されても怒りの気持ちなんてコレっぽっちも湧いてはこない。

とはいっても、さすがに「もっとぶって！」とは思わないけどさ。

「あ～あ～」

「……おー」

よしよし。お兄ちゃんが一人で心頭滅却してたから、退屈だったんだよなー？

でも、「それじゃあ一緒に心頭滅却しようぜ！」なんて言っても通じるワケがない。そもそも言えないし。

となれば……遊んであげるしかないな。

「いぇー」

「あぁん♪」

お腹の横を突っつくと、くすぐったそうに身体をよじる。可愛いなあ～。

更に手を握ってグリグリと押しつけると、セーレたんは笑いながらくねくねし始めた。

「あははー！」

「きゃあああ～♪」

仲よく兄妹でスキンシップ。これはこれで楽しいものだ。

たまに反撃されて俺もくねくねするが、お互いに疲れるまで身体のあちこちをくすぐり合う。こんな遊びができるのも、子供のうちだけだもんなー。


「……はぁぁ」

「ぁぁん……」

あー、暑い。背中の下も暑くて、俺達はたまに寝返りを打つ。だけど動ける範囲には限度があるので、やっぱり暑さ《ヤツら》からは逃《のが》れられない。袋小路であった。

少し前にマールちゃんとアナさんが来てくれて、身体を拭いてお着替えもしてもらったのだが、それでもすぐに暑くなってくるのである。

クーラー……は、さすがにないか。せめて扇風機でもあればなあー。

「……ぅぅ～ん」

隣を見ると、セーレたんは寝苦しそうながらもお昼寝を始めていた。食事を兼ねた水分補給もしたし、確かに俺も眠たくはある。ヒジョーに寝つきにくいが。

「……」

鈍っている頭を商店街のガラガラのごとく、ゆっくりと回し始める。てきとーに頭を使えば、俺もじきに眠たくなるだろう。それに特賞はムリでも、ポケットティッシュくらいはもらえるかもねー……って、誰にだよ。

既に頭が残念賞だが、取りあえずは魔力について考えてみよう。

「くぅ～」

今も横で眠っているセーレたんからは、「オーラ」のような何かが放射されているのが判る。

物理的には感じないのに、だけど確かに「何か」を感じるという感覚。……なんともモヤモヤする表現なのだが、まさに感覚的なモノなんだからどーしようもない。

「……」

そして厄介なことに、自分自身の「オーラ」は相も変わらずサッパリなのだ。

自分の体臭は自分自身では分からない……みたいなもの、なんだろうか。

「うー」

お袋とチャロちゃん以外のみんなだって、身体に触れた状態で意識すると確実に分かるんだけどなぁ。だから、俺だけないというコトは考えにくい。

俺には前世の記憶がある、という特異点さえ無視すれば。

「……ん？」

そういや、俺のこの「記憶」って、どこから来たんだ？

生まれ変わった「俺」の脳に刻まれていたとすれば、だったらなぜ、どうやってインストールされたんだ？　お袋のお腹の中で「俺」の身体が作られる過程を考えると、入り込む余地が見当たらない……。

ま、異世界なんだしただでさえ超常的なコトが起きているんだから、理屈では計り知れない何かが起こったのかもしれないけど。

だが、それでも敢えて理屈で考えるならば——俺のこの「記憶」は、外から「何らかの形」でこの脳に入り込んだ、とした方が理解しやすい。

でもでも……胎児の作りかけの脳みそに、決して少なくはない前世の「情報量」が、果たして書き込めるんだろうか？　そんなムチャをすれば「脳」が壊れそうだと容易に想像できるし……実際に最初の頃は、ちょっと頭を働かせただけで割れそうなほどの痛みを覚えたのだ。

だから、脳とは別の「ハードディスク」みたいなモノがあって、それが今の「俺」の中にくっついたのだと考えると、いちおうは納得できる。

パソコンに例えて考えてみると、な？

「くぅ～……ん」

しかし俺の頭は、眉間《みけん》にしわを寄せて眠っている可愛いセーレたんと比べても、並外れて大きいワケではない。というか、ほとんど同じくらいだと思う。……そうでよかった。

ならば、かなり荒唐無稽《こうとうむけい》な発想だけど、「ハードディスク」になりそうなモノといったら——。

「……」

「魂《たましい》」――なんだろうか。

そして、魔力も同じく霊的なモノとだとするなら……。

我ながらムチャクチャすぎるこじつけなんだけど、いちおうの筋は通る……ような、気はする。

「うぅ……」

ああ、頭が痛くなってきた……いろんな意味で。だが、これ以上は考えてもどうしようもないし、証明する手だてもないしなぁ。

いい加減、精神的にも肉体的にも疲労がピークに達してきたので、俺もこのまま眠気に身を任せることにした。

このトンデモ仮説が、俺の魔力を感じられるきっかけにでもなれば、いいんだけど……な……。


――今日もまた、憎きお天道様がどこかへ行った。てやんでえ、もう来るなー。

「ああー」

「あぁ～」

だけど、余熱はいまだにジリジリと俺達を熱し続けている。まったく、シューマイじゃねーんだぞ……。

みんながコマメに身体を拭いてくれたり服を替えさせたり、ときには扇子《せんす》みたいなので扇《あお》いだりもしてくれるんだけど、それでも暑いものは暑い。

こういうときは、いつもみたいにタライみたいなモノでちゃぷちゃぷとするんじゃなくて、もっと大きなお風呂かプールでザブーン！　と豪快にいきたいモンだね。……ま、今の俺だと間違いなく溺れるけどな。

二五メートルプールで犬かきをしている俺とセーレたんの姿を夢見ていると、例によってちゃんとノックをしてから女の子の声が聞こえてきた。

「ジャスちゃ〜ん、セーレちゃ〜ん♪」

スカートの丈は長いまんまだけど、上は薄着になってますます目のやり場に困るようになった、お袋である。

「おー……お？」

だが返事をしたところで、入ってきたのがお袋だけじゃないことに気づく。なんと、夕方以降には帰ってしまうハズのアナさんもいたのだった。しかも、まだメイド服を着ている。

その上マールちゃんとチャロちゃんまで続々と入ってきて、ベビーベッドの四方を取り囲んだのである。

「あぁ〜ん♪　きゃあ〜」

「うー？　ううぅー？」

天使ちゃんは素直に喜んでいるが、俺は目を丸くして「？」《はてな》がいっぱいである。

「さあ、早くしましょう」

「は、はいっ」

「分かりましたー！」

状況の解らないまま、アナさんの指示によってメイドちゃんズがベッドの金具を外していく。ちなみにお袋は、にこにこしながら俺やセーレたんと握手をして遊んでいた。

「それじゃ、Ͻεщκг」

更に俺の聞き取れない指示によって、セーレたんはマールちゃんが、俺のことはお袋がそれぞれ抱き上げた。

……相変わらず、どうして埋まってしまわないかが不思議なほどに柔らかなクッションである。さすがは神素材だ。

「うふふ～、ジャスちゃんはいい子ね～」

「おー……」

いまだに「?・」《はてな》な俺を見て、お袋はふんわりとした笑みを浮かべた。

そして――。

「さあ、行くわよ」

「ええ～♪」

「はい」

「はいー」

「う……?・」

ワケの分からないまま、部屋の外へと連れ出されてしまった。

「……」

花のような香りのするお袋に抱かれ、俺はクッションごと上下に揺られながら廊下のあちこちを眺める。出してもらえたこと自体は初めてではないのだが、コレは非常にレアなことである。

天井には魔導具の明かりが等間隔に灯っており、外が暗くなってきた窓には列をなして歩く俺達の姿が映っている。壁は部屋と似たような感じで白く、床は古い学校のような木の板張りである。

その廊下を靴を履いて歩いているため、コツコツと耳に優しい音がいくつも重なって聞こえてくる。

俺の前にはマールちゃんがいて、まさしくしっぽのような空色の髪を揺らして歩いている。ちょっと毛先が跳ねているところがチャームポイントだ。

チャロちゃんは最後尾らしく、出てきた部屋のドアを閉めてから小走りで追いついてきたようだ。前を向いているので見ていないが、小刻みに聞こえてきた靴の音がなんとも可愛らしかった。

「入って」

ほどなく廊下の突き当たりまでやってくると、左右と前にある三つの扉のうち、先に着いていたアナさんが、唯一空いている真ん中の部屋へとマールちゃんを誘導する。……初めての部屋だ。

ちなみに左の扉はリビングで、今までにも何度か連れていってもらったことがある。しかし、右の扉はいまだに謎である。

で、真ん中はなんの部屋なんだろうなーと首を傾げていると……お袋に続いてアナさんが中に入り、なぜだか目の前でドアを閉められてしまった。

俺とお袋、後ろにはチャロちゃんもいるのに、である。

「うぇ？」

少し見えた限りでは、あまり広い部屋ではなかったみたいだが……。謎である。

「うふふふ～」

「ジャスさま、かわいいー♪」

「あうっ、あうーっ」

閉め出されたにもかかわらず、お袋もチャロちゃんもなぜかその場から動かない。そして二人がかりで頭や身体を触られてくねくねしていると、再び扉が開かれた。姿を現したのは、もはや言うまでもないアナさんである。

「さあ」

「ええ～」

俺にも分かる短いやり取りがなされ、やっと中に通された。俺はクッションから顔を上げ、後ろを向いて初めての部屋を見る。

中は意外と狭い上にやや長細く、しかも正面には、入ってきた扉とはまた別の扉があった。そっちは引き戸である。先に入ったマールちゃんとセーレたんの姿が見えないので、二人はその先にいるのだろう。

「それじゃ――」

アナさんはお袋に何かを言い、そのもうひとつの引き戸の前で靴を脱ぐような動作をしてから、開けた引きとの向こうへとまた消えた……らしい。

お袋のアレにしがみつくような体勢になっているため、首が回らなくてよく見えないのだ。

なので、靴をどこかに置いたらしい音以外にも「パチン」とゴムのような音が二回ほど聞こえたんだけど、その理由については分からなかった。

「……」

それも謎といえば謎なんだが……それ以前に気になっていることがある。部屋の中には、雨の日とはまた違う、もわ～っとした温かさと水の匂いが充満しているのだ。

この狭い部屋といい、コレってまさか――。

「チャロちゃん、お願いね～」

「は、はいっ？　……はうっ！」

とある可能性に思い当たったそのとき、俺の身体はお袋からチャロちゃんの手に委《ゆだ》ねられた。せいぜい小学校の高学年くらいの体つきであるチャロちゃんは、かなり成長した俺のことを重たそうに抱きかかえている。意外としっかり抱いてくれるんだけど、たまにフラつくときがあるのでちょっと怖い。下手に動かないよう、俺はぺたんこなチャロちゃんにしがみつく。

そうしていると、やがて後ろからご機嫌そうな、お袋の鼻唄が聞こえてきた。

「ふ～ん、ふふ～ん♪」

「お、奥さま……？」

ところが、チャロちゃんは不思議そうな声を上げてお袋のことを見上げている。左右のねこ耳が動き、お袋の方へと向けられた。

俺も気になったのだが……背後でふぁさっと布らしきモノが下に落ちた音がしたので、振り返るのは急きょ中止。

「あ、あのー……」

「ふふふ～ん♪」

「……」

ひ、非常にイヤラシイ――じゃない、イヤ～な予感がする。

そしてその予感は、一寸たりとも間違っていなかった。

「ジャスちゃ～ん♪」

「ぶはあぁっ⁉」

横から顔を出すお袋。

思った通り、ヴィーナス様が誕生しているううううーーーーーーーっ⁉

「じゃ、ジャスさまっ⁉」

「あら～？」

「けほっ、けほっ……！」

思いっきりむせた俺の背中を、二人が優しくなでさすってくれる。だがそれどころではない。

もしかしなくても——ココは脱衣場。

俺達はこれから、タライではなく、初めて本物のお風呂に入れられるところだったのだ！

「ジャスちゃ〜ん、お風呂でちゅよ〜♪」

「……」

食事のときには毎度おなじみの、ダイレクトなクッションに抱かれて風呂場へと連行される。

今日は、更に輪をかけてダイレクトだけどな……。

「お、おおーっ」

俺の出した声が、わずかに反響して聞こえた。風呂場には特有の湿気と温かさ、そしてお湯の匂いと薄い湯気が立ちこめている。家族全員で入れそうな広さだ。

ちょっとした旅館レベルだな……。

床にはタイルのように平べったい石が敷き詰められ、壁と天井もすべてが灰色の石——いや。つなぎ目が見えないから、ひょっとしてコンクリート？ ……とにかく、そう見える何かでできていて、無数の水滴が張り付いていた。天井には例によって魔導式の照明があり、窓は横の壁に一ヶ所だけ。高いところに四角くぽっかりとくり抜くように作られていて、そこから湯気が暗い外へもくもくと逃げ出していく。その代わりとばかりに虫の澄んだ歌声がかすかに飛び込んできて、豪華なお風呂に夏の風情を添えていた。

そして、浴槽《よくそう》も奥にあるのだが……これがまたスゴイ。まるで御影石《みかげいし》のような模様の、黒くてツヤのある石のブロックで造られていた。深さはよく分からないけど、広さは風呂場全体の半分近くを占めていそうだ。

小さな子供だったら泳げそうだな……。いつかやってみようか？

その一方で、便器のようなモノはどこにも見当たらない。やはり西洋式ではなく、現代の日本式に近いようだ。あまりにスゴすぎて、シャワーらしきものがないことにむしろホッとしたよ。

もはや、俺の中にあった「ファンタジー世界」のイメージは粉々だ……。

「うふふふふ～」

カポーンではなく、ポカーンと口を半開きにして風呂場を見渡す俺を見て、お袋が笑っている。

灰色の風呂場に、アップにした金色の髪と白い肌が映えて眩しすぎる……。思わず目を逸らす。

本当はずっとキツく目を瞑《つむ》っていようかと思ったのだが、それではあまりに不自然かと思ったのでやめた。上半身については、毎日見ているから今更だしな。……それでも眩しいんだけど。

よって、注意するべきは下半分のみとなるワケだが、眼下にはまろやかなアルプス連峰がそびえているので問題ない。

……というか、お袋はよくこんな視界で普通に歩けるよな。足のつま先が見えんぞ？

「お、奥様？」

「あ、あんた、どうして……」

「うふふ～。だって～」

思った通り、ふにょふにょとした微笑みをたたえるお袋とは対照的に、マールちゃんとアナさんが戸惑いの声を上げた。二人とも、さっきの俺のようにポカーンとした顔でお袋を見ている。

まあ、それはそうだろう。なにしろ、メイドさん達は服を着たままなんだから。

「あはははは……」

出入口に立っているチャロちゃんもメイド服のままで、乾いた笑いを漏らしている。そんな中、お袋だけがヴィーナス様。

本来はその方が正しい姿ではあるけど、そりゃポカーンとなるわな……。

ちなみにメイドさん達は、全員がスカートを太ももの位置までまくり上げ、そこにヒモかバンドみたいなものを巻きつけて固定している。その状態でマールちゃんは胸元に天使ちゃんを抱いて、浴槽の側の床にひざをついて座っていた。アナさんはその横に立っている。

……普段は絶対に見えない生脚が思いっきり見えているので、コレはコレでかなり眩しい光景なんだけど。

「きゃあぁあ〜ん♪」

セーレたんがマールちゃんの腕の中で、手足を動かして喜んでいる。可愛いねー。……でも今は、あまり見てはいけない。

この状況から考えるに、恐らくお袋達にとっても今日が「初めて」なんだろう。それでアナさんが今から、「赤ん坊のお風呂の入れ方」をレクチャーしてくれるんだと思う。

そんなワケなので、俺とセーレたんも当然、生まれたままのスポポポポーンである。

「うふふ～。セーレちゃ～ん♪」

「ああ～ん♪」

「……」

だから、お袋は脱がなくてよかったんだよ……？

お袋に抱かれたまま、温かい湯船に首から下を浸けてもらう。浮力が身体を持ち上げ、まるで雲の上にでもいるようだ。

俺は目を瞑り、この世界で生まれて初めての本格的な風呂を堪能する。

「あはあー……♪」

極楽《ごくらく》だあー……。

入る前に石けんで洗ってもらったし、身体も心もスッキリ。幸せすぎて、スライムみたいに溶けちゃうかも。いつにも増して隅々まで洗われてしまった恥ずかしさも、お湯に溶けてどこかに行ってしまう。そのまま排水溝に流れてくれ。

「ひゃあぁ～……♪」

横からも俺と同じように、極楽を味わっているセーレたんの声が聞こえてくる。入る前はかなり怖がっていたけど、マールちゃんにちゃぷちゃぷとお湯をかけてもらっている内にだんだんと慣れ、今ではすっかり蕩《とろ》けていた。もはや、宇宙が震えるほどの愛らしさである。

「はぁあ～ん……♪」

お袋もまた、とても気持ちよさそうに――って、ため息混じりの声が色っぽすぎてヤバイな！

しかもなんか、俺に接触しているアルプス山脈がゆったり、ゆったりと揺れてるし。

……話には聞いたことあるけど、やっぱりソレって浮くんだな。都市伝説かと思ってた。

「ふぁあー」

さっきから、左半身に擦《こす》れっぱなしのソレには目を瞑ることにして……俺は実際にも目を閉じたまま、とにかくひたすらに、無我夢中にお湯の温かさを堪能していた。

なぜならば。

「気持ち、いいわね～」

「そうですね……♪」

「はひー。気持ちいいれふー……♪」

「本当、いいお風呂ねえ……♪」

「ひゃあ～」

「……」

俺の周囲にいる、全員がヴィーナス様と化してしまったからである。元祖ヴィーナス様が一人ずつ順番に声をかけ、やがて全員を説得してしまったのだ。

「ふあー」

「うふふふ～。ジャスちゃんは、特に気持ちよさそうね～」

お袋の声にみんなが笑う。……気持ちいいのは確かなのだが、俺はそれを口実にしてひたすら目を閉じていた。出している声やため息も、半分はワザとである。もう、不自然とか言っている場合ではない。

まぶたを隔てた向こう側には、さぞ幻想的な雪景色が広がっているんだろうが……コレは紛《まぎ》れもなく現実。

お湯は無色透明であり、しかも意外と浅くて、お袋のアレの半分くらいまでしか届かなかった。湯気も薄く、視界をさえぎるほどではない。ましてや、どこからともなく「謎の光」が射し込んで、女性陣のアレやコレを都合よく隠してくれる――なんてコトもあり得ない。

せっかくの魔法なんだから、天井の照明にそんな機能があればよかったのに……。

「はふー」

ああー、心臓がエライことになっている。目を瞑ったら瞑ったで、今度はお湯とお花畑のような香りがより強く感じられ、かすかな音や声なんかもいっそうよく聞こえてくる。おかげで、「気持ちいい」という単語を完璧にマスターしてしまった。

いくつも聞こえてくる吐息の、なんと艶《つや》っぽいこと――。

「ひゃあああんっ!?」

「……!?」

な、なんだっ!? 今の甲高い声はチャロちゃんか！ ジャブンとお湯をかき混ぜたような音も聞こえたけど、いったいナニが？

「ああー、もうっ！」

「ふふふふっ！」

「あらあら～、チャロちゃんったら――」

チャロちゃんがすねた様子で何かを言い、それでみんなが笑っている。大したコトじゃないって
ことは分かるけど、何があったんだろうか……。

と思っていると、その理由が判明してしまった。

「あうっ!?」

お、俺のおデコに冷たい何かがあああーーーー!!　……って、もしかして水滴か？

つい目を開けてしまうと、お袋が俺を見下ろして笑っていた。

「うふふふふ～。あらあら～」

そして、温かい人差し指でおデコを拭ってくれる。ああ、ビックリしたー。

横からマールちゃんとチャロちゃんの笑う声も聞こえ、アナさんもぷっと噴き出していた。……

もちろん、そっちの方は絶対に見ないようにする。

そして、心臓をバクバクさせながらもほっとして再度まぶたを閉じたところ、笑い終わったマー
ルちゃんが一転して、何やらしみじみと呟いた。

「はあっ。奥様もアナさんも、大きいですよね……」

「……」

一部の単語が省略されていたものの、それでも意味はよーく解った。解ってしまった。

こういうベタな会話って、実際にあるんだねぇ……。

「ですよねぇ……。わたしも――」

続いてチャロちゃんが大きなため息をつき、うらやましそーな声色で言葉を続ける。

コレもまた、なんと言っているのかは想像がついてしまう。

「うふふふ～。チャロちゃんもマールちゃんも――」

お袋が何かフォローしているようだ。だけど俺も、二人はむしろこれからだと思うぞ？　そういう歳だと思うし。……お袋も見た目通りの年代だとすれば、更なる進化の可能性を秘めていることになるのだが。

な、なんということだ……。

「あう～ん」

しかしお袋がそうならば、気持ちよさそーにしているセーレたんも、将来はかなり明るいということになるよな？　ま、仮にそうでなかったとしても、その魅力が色あせることはあり得ないんだけどな！　色気が増すか可憐さが増すか、それだけの違いである。

一方、アナさんは疲れたようなため息をついていた。

「はぁ……。でも、大きいと――」

その後の言葉はちゃんと聞き取れなかったが……これもやはり、おおよその意味は推測可能だ。そうね～って、お袋もしみじみとうなずきながら相づちを打ってるし。

俺が大きくなったら、肩叩きでもしてあげよう。手作りの回数券でもあげようかね？

「……」

ところで……だんだん言葉が理解できるようになってきたのはいいんだけど、そのせいでガールズトークまで聞いてしまったな。不可抗力とはいえ、心の中で謝っておこう。ごめんなさい。

だけど、この世界の女の子もそういうコトって気にするんだな……。

耳元で聞こえるお湯の波打つ音と、まだ何やら聞こえてくる中でひとり感心していると、アナさんがパンパンと手を叩いて女の子達のお喋りを中断させた。

「さあ、そろそろ出るわよ」

「そうね～」

「分かりました」

「はーい！」

「……ふひぃ～」

た、助かったあー。少し頭がぼーっとしてきていたので、そういう意味でも渡りに船だ。

こうして初めてのお風呂は、気持ちよかった以上に疲れてしまったのであった。

早く、一人で入れるようになりたいものだ。

いつか、湯船を赤く染める前に……。

Profile

パパ

名前：まだ秘密
性別：♂
年齢：23歳
身長：かなりたかめ
備考：愛情のあまりに
髭で赤子を襲う進撃の父親

担当編集から一言！

ヒゲのジョリジョリ攻撃はいやだけど、将来のイケメン保証はとてもありがたい！　普段ママには全く頭が上がらないパパですが、有事の際にはきっと男を見せてくれるはず！　……それはさておき、名前はいつ判るの？

☆第十三話　ダイニングで朝食を

セミの大合唱も気温も、どうやら峠を越した模様。まだ暑いことに変わりはないけれども。

今日もまた見事な、日本晴れならぬ異世界晴れである。

「きゃあ～っ！　あぅあう～」

「んおーっ」

日中は触れ合うことをちょっと嫌がっていたセーレたんだったが、最近はまたくっついてくれるようになった。自力で身体の向きを変えるのが容易になってきたのもあり、ころんと転がってはぴたりとひっついてくるのだ。可愛いったらありゃしない！

それに心配していた俺の髪も、触ってみるといつの間にかイイ感じになってきているようだし……しっかりと風を受け止め、まさに順風満帆である。

「あむぅ～ん♪」

「おふっ？」

心なしかふっさり感の出てきた自分の頭を感慨深く触っていたら、その手を天使ちゃんに取られた。で、可愛らしいお口にそのままぱくり。

俺もその気持ちは分かるのだが、近頃どうも口の中のムズムズが治まらないんだよねー。だから何かを噛んでいたくなる。俺はたいてい自分の指で済ませているんだけど、セーレたんはなぜか半々くらいの確率で俺の手を取りに来るのだ。

別に「きちゃない」だなんては思ってないぞ？　ベタベタにはなるけどな。

ちなみにそんなときは、見られないように気をつけながら自分の服で拭っております。

「あむあむ～」

「おおーぅ」

歯ぐきを使った甘噛《あまが》みをされて、なんともくすぐったいような――そして、ビミョーに圧力が強いので痛い一歩手前の感覚。アゴの力というのは、意外と強いものなのだ。

……恐らくは、歯が生え始めたんだろう。着実に成長しているんだなぁ。

「あはははははっ♪」

そんな俺達を、チャロちゃんが柵越しに眺めて笑っている。ピンクにオレンジの混じったパパラチアピンクの髪に、黄色みの強い瞳はひまわりを思い起こさせる。

ちなみに「パパラチア」というのは……どういった意味かは知らないけど、ピンクとオレンジの中間を指す言葉で、サファイアによく使われる。というか、それ以外に見たことはないな。前世の小さかった頃に新聞のチラシの写真で見て、その色のキレイさが今でも印象に残っている。

「大特価！」と書かれていた値段の、ゼロの多さも合わせて。

そんな少女が涼しそうな明るい色のワンピースを身にまとい、ねこ耳としっぽを動かしながら小さな八重歯を除かせて明るく笑っているのを見ると、こっちまで明るい気分になってくる。今日はメイド服じゃないところを見ると、たぶん休みなんだろう。チャロちゃんもマールちゃんも数日おきに休みがあるらしく、だけどそんな休みのときにもしばしば俺達の顔を見に来てくれたり、遊んだりしてくれる。

チャロちゃんは俺達を見て顔をほころばせ、頭をなでたり手のひらを突っついたりしてくる。特に、突っつかれたときにその手を掴むと、すごく嬉しそうに笑ってくれた。それこそ、ひまわりの花が咲いたように。

「あはっ♪」

一体どんな事情があって、ウチで住み込みで働いているのかは知らないが……。そんなことなどおくびにも出さないこの子は、まだまだ幼さの抜けきらない見た目によらず、とても強い子だと思う。

「あら〜、チャロちゃ〜ん」

ベタベタになった手をチャロちゃんに拭いてもらっていると、今度はお袋が入ってきた。白い服が好きらしいお袋だが、肌の白さはそれにも負けないほど明るい。更にはボリュームあふれる金色の髪が合わさり、ただ姿を見せただけでも部屋の中が数段明るくなったような気さえする。

「チャロちゃん、お出かけしていなかったのね〜」

「はいー」

お袋はベッドの側まで来ると、チャロちゃんと何やら話を始めた。いちおうは主人と雇われ側という関係だけど、本当の家族のように仲がいい。他の家やこの世界の世間一般がどうかは知らないが、この家のそういったところはすごくいいと思う。

それにしても……薄着だと、お袋の白いめろんが強調されてヤバイな。鎖骨のすぐ下が踊り場と化している。

身長差もあって、チャロちゃんもお袋が笑うたびに目と鼻の先で揺れるソレに、ときどき目を奪われていた。

「さあ、おっぱいのお時間でちゅよ～♪」

「う～？」

「ぉ？」

俺のお腹の上によじ登ろうとしてくる天使ちゃんと戯れていると、お袋がこっちを向いてお姫様のような笑みを浮かべた。隣のチャロちゃんもそれを聞いて、すぐにベッドの金具を外し始める。

それから柵を外側に倒し終わると、近い方にいたセーレたんは直接お袋が、そして俺はベッドの反対側に回ったチャロちゃんが抱き上げ、お袋のところへと連れていってくれる。

お袋の白いめろんは、既に二個ともご開帳済み。いつもながら、赤ん坊でさえ目を奪われるほど、芸術的な美しさである。チャロちゃんも俺を抱えたまま、ほえ～っと感嘆のため息をついていた。

「はい、召し上がれ～」

お腹が空いていたらしいセーレたんはすぐに嬉々と飲み始め、俺も心の中で手を合わせてから、おもむろに口を近づける。

「……」

いつ聞いたのかも忘れてしまったが、赤ん坊に歯が生えてくる時期になると、お母さんはかなり痛いんだってな……。セーレたんに気をつけてと言ってもさすがにムリだから、せめて俺だけでも気遣うようにしよう。

変わらず優しい微笑を浮かべているお袋を見上げ、俺はそう思った。


夜に鳴く虫の声も変わり始め、どことなく秋の気配を感じるようになってきた。まだ気温はそれなりにあるけど、日本みたいにムシムシしないのがいいね。

「むう～んっ」

「おふぅ」

セーレたんは俺の手を枕代わりにして、そこから更に転がって俺の上に乗ってこようとする。そういう遊びが、最近のお気に入りらしい。湯上がりの身体はポカポカとしていて、ふにふにとした柔らかさも心地いいのだが……なにしろ、俺とこの子は双子。ほとんど同じ成長度合いである。

……赤ん坊の頭って、けっこう重たいのよ。脇腹にゴリゴリすると、コレが地味に痛い。

「へあ～ん！」

「うー……」

それとなく頭をシーツの上に戻そうとするのだが、木製のおしゃぶりを咥えた妹ちゃんはいっそうしがみついてくる。ちなみにこのおしゃぶりは、親父が買ってきてくれたらしい。

もちろん俺も咥えている最中で、口に入れるところだけはゴムのような素材が使われている。特に味はしないし、歯ぐきで噛んでも痛くないので俺も気に入っている。前世の記憶があるだけに多少の抵抗はあったのだが、たまーに咥えさせてもらうと気持ちが落ち着くのは確かである。いい仕事ですねー。

「ふぅ～ん……♪」

しばらく押し合いへし合いをしたところ、やがてセーレたんは俺の脇の下あたりに頭を落ち着けることにあいなった。木のおしゃぶりの先が脇腹をぐりぐりしているが、上に乗られるよりはいいのでガマンしよう。

さて……これから眠くなるまで、いつもの魔力トレーニングをしようか。

「……」

よくマンガやアニメなどで「身体の奥底に眠る力が～」みたいなのがあるけど、この世界の魔力もそれに近いんじゃないかと思っている。あるいは、「血液の流れと同じく、気の流れが～」みたいなモノかもしれない。他にも、ファンタジーモノなんかにはよくある「空気中に漂うマナを集めて～」というパターンも考えたが、実際に目にする魔導具の数々から察するに、外からというよりは人間の体内から出てきたモノを使っているように思う。でなければ、天井の明かりなんかは永久に点灯し続けているハズだからな。

まあ、可能性だけならいくらも考えられるので、今は内側にあるモノとしておく。

「ふぅ……」

目を閉じてゆっくりと深呼吸をし、心臓の音に耳を傾けながら、己の中にあるであろう「何か」

が循環しているイメージを思い描く。だんだんと大人しくなってきたセーレたんの発する「オーラ」にも、意識を割いてみるといいかもしれない。

お手本なんてどこにもないのだから、思いついたことはとにかくやってみる。

「……」

天使ちゃんのオーラを手がかりに、俺の中にもよく似たものがないか、探してみる。ちょうどお風呂上がりで血行が良くなっているハズだから、それも手がかりになるかな？

ほぼ毎日やっていることではあるけど——今夜に限っては、何故だか上手くいくような気がしていた。

「んー？」

単に「流れ」を意識するだけでは、ちょっと弱いのでは？

ふとそう思い、その流れに手を入れるイメージを追加してみる。山の中で小さな清流を見つけて、それをすくってみるかのように。

「……んん？」

すると、指先にかすかな「何か」が触れたような気がした。思わず目を開けてみたが当然、その指は何も触れていない。

これは、もしかすると——！

「お、おおお……？」

な、なんかあるよ？　シャッチョサーン、ナンカアルヨー！

思っていたのより若干ハードな感じがするけど、確かに感じられるモノがある。実際の指には、なんにも触っていないのに！

「……ふにゅ～？」

「あっはは－！」

俺が大きな声を出したせいで、眠りかけていたセーレたんが目を覚ましてしまった。ぼんやりとした蒼い瞳を俺に向け、重たい頭をちょっとふらふらさせているのがコレまた可愛らしい。俺はそんな妹ちゃんに手を伸ばし、頭を優しくなでなでする。起こしてごめんな－。

「おおっ？」

なんか今、この子からほとばしっているオーラを、手のひらにも感じたぞ？　まさに雲を掴んだような感じで、空気抵抗みたいなものはなかったんだけど。

なでなでしているうちに妹ちゃんがまた目を閉じたので、俺もまた高揚感をなだめつつ目を瞑り、さっき感じたばかりのアレを再現する。

「……ん」

ずっと短時間で、あの指先を滑るような、硬いようで柔らかいような気もする不思議な感覚を指先に覚えた。なんとなーくだが、コツを掴めた気がするな。

そこから更に一歩踏み込んでみよう。触れている指先をもう一歩中へ突き入れ、意識を「流れ」の方へと移す――。

「あえ？」

なぜかビクともしませんよ？　確かに押している感じはするんだけど、突き入れることができない。そして押そうとすればするほどに、その何か——つまりは俺自身の中にある魔力の、その大きさを思い知らされる気分になってきた。

コレが、俺の持つ魔力の大きさを示しているのであればいいんだが……。

でも、一ミリたりとも動かせる気がしないのは、一体どうすればいいんだろうか？　コイツを動かせなきゃ、魔導具に魔力を入れることもできないだろうに。

痔の薬じゃあるまいし、注入できなきゃ塗ればいいってモンじゃないだろう。

「……むー」

キレイな虫の声が聞こえてくる夏の夜。

どうにか大きな山を越えたかと思ったら、実はその「動かざる山」そのものを押して動かさないといけない、というムチャが待ち受けていた。

魔法への道は、一夜にしてならず……。

動かない。動かないよ。

「うぅぅ……」

とても巨大な、しかし決して硬いわけではない。むしろ柔らかい壁。

だがその壁が俺の上にのしかかってきて、まったく身動きが取れない——。

「――ん？」

「すぅ～、すぅ～」

そこで気がついて目を覚ますと、俺の腹の上で愛らしい天使ちゃんがすやすやと眠っていた。窓を覆う白いカーテンは明るく、部屋の空気は適度に涼しい。早朝かもしれないな。

ちなみにセーレたんは完全に俺に重なって乗っているのではなく、横からうつ伏せで上半身だけを乗り出し、まるでカタカナの「ト」のような形になっていた。ちょっとした横四方固めである。

そりゃあ、動けないワケですよ……。

お兄さん、知らない間に一本取られてました。

「おーぃ」

「すぅ～♪」

返事がない。とても幸せそうだ。

しかし、赤ん坊のあんまり強くない身体の上に、中でも特に大きな頭が俺のお腹に乗っている状態。しかもこの子の左手は、服とオムツの上からではあるがソコにタッチ。……まさに横四方固めである。

さすがにずーっと乗られているのは厳しいので、ここはひとつグッと心をお兄ちゃんにして、眠れる妹様には目を覚まして頂きます。

「おーぃ」

「にゅう……？」

ぺちぺちと小さな手で背中を叩き、起きてもらう。その寝ぼけ眼《まなこ》が俺の顔を捉えるやいなや、すぐに嬉しそうに変わって笑顔を見せた。

「んぁ……。あぁあ～ん！」

「あはー！」

なんという可愛さだろうか。いや、なんとも言えまい。

意図せず反語的な表現になってしまったが、そのまま「ト」の字の体勢でハグを交わす。それでますます寝技で一本になっても、気にしなーい。

「あーう、あぅあぅ」

ところで、そろそろどいてくれない？

「きゃ～」

やー。

……実際にそういった会話が成立していたかは知る由《よし》もないが、いちおうそのつもりで声をかけてみたものの、とーっても無邪気な笑顔で見事に却下されてしまった。

「うーっ、ううーっ」

「あゃ～？」

困った顔をして見せても、この子はお腹の上で愛らしく首を傾けるばかり。まあ、ちょっと重たいのは二、三歩譲るとしても……。

「あぁあー」

「あぁ～ん♪」

君が触れている俺の下半身、かなーり濡れているハズなんだけどなあ。

お兄ちゃん、寝ているうちにヤっちゃってるんだって……。しっかりオムツが吸収してるけど、ばっちぃよ？

自分でトイレに行けないからとっくに諦めているが、こういうときに困る。まだ固形物を口にしていないのが不幸中の幸いだ。

「あうあうあー」

「きゃあ～！」

短い手足をバタつかせてみるも、横四方固めは解けない。タップも意味が通じないし。

……どうしよ、コレ？

とほほーと途方に暮れていると、救いの女神様がやってきた！

「あらら～」

いつものように優しくノックをしてから入ってきたお袋。カーテン越しの朝の柔らかな光が、その金色のウェーブがかった髪や、白い服の上から豊かな曲線を描く身体を照らす。寝ぼけた頭で彼女の姿を見たら、本当に女神様の降臨かと錯覚するかもしれない。実際、最初の何回かはそうだった。

「うふふ～。二人で遊んでいたのね～」

「あー」

「ひゃあ～♪」

いえ、柔道の試合をしておりました。結果はご覧の通りです。

そんな冗談を心の中で呟いてみるも、お袋は思わず見とれてしまいそうなほどキレイな笑みを浮かべていた。

……ちょっと、スルーされてしまったような気分になった。

「さあ、セーレちゃ～ん」

「にゃあ～」

まるで子猫のような高い声で鳴くセーレたんを、お袋の手が抱き上げる。持ち上げるときに少し力を入れたように見えたのは、この子が順調に成長してきた証か。

「あらまあ～、湿っているわね～」

「やあ～ん」

「……」

キミもそうだったんかーい。

のしかかられていたことにばっかり意識がいって、まったく気づかなかったぜ……。だがココはひとつ、紳士的な対応をしたということで納得しよう。

その間にお袋は「ちょっと待っていてね～」と言ってセーレたんを俺の隣へ寝かせ、一旦この部屋を出ていった。

「あふー」

「きゃあ～ん」

お袋はマールちゃんを伴ってすぐに戻ってくると、すぐに二人で俺達のおむつを交換してくれた。身も心もリフレッシュである。それから改めて、二人から順番に挨拶のキスをされる。

自然と俺達は笑顔になり、それを見た二人も目元に柔らかなアーチを描いた。いつものことながら、朝から眼福《がんぷく》どころではない。

敢えて名付けるなら「顔福《がんぷく》」である。

「それじゃあ、行きましょうか～」

「おぉ？」

片づけも終わってこれから朝ご飯かと思いきや、お袋はそう言って再びセーレたんを抱き上げた。天使ちゃんは嬉しそうにしているが、どーゆーコト？

「さあ、ジャス様も」

「おおー？」

そうして俺も、マールちゃんに抱っこされた。春のうららかさを感じるお袋の笑顔も好きだけど、この娘の初夏のような——あるいは冬の小春日和のような、暖かさと涼しさが同居しているような笑顔も俺は好きだ。いつも、ふわりと爽やかな花を思わせる香りがすることも、そういった印象を抱かせる理由なのだろう。

ところで、俺達を外に連れ出してくれるみたいだが、いったい何があるんだろうね？　すぐに分かるだろうとは思いつつ、貴重な「お出かけ」に胸を弾ませるのであった。

俺達が向かった先は、この家のリビング兼ダイニング。風呂場にも通じる廊下の突き当たりの、左側のドアをくぐった場所である。そこは俺とセーレたんが寝起きしている部屋よりも、更に少しだけ広い感じがする。それほど物が置かれていないせいかも知れないけどな。

床は廊下と同様の板張りで、やや長方形気味の空間のちょっと手前側に、長めのテーブルが置かれていた。けっこう人数の多いこの家の全員が座っても、ひじをぶつけ合う心配はなさそうだ。表面はツルツルで、キレイな木目がよく映えている。今日はその真ん中に小さな円形のクロスが敷かれ、よく分からない紫の花が一輪、花瓶に挿して飾ってある。見るたびに置かれているものが違い、さり気なくオシャレだ。

そんなテーブルに、ラフな格好をした親父がひとり席に着いていた。俺達を見ると爽やかに笑う。

「おお、おはよう」

「あーう」

「あぁ～ん」

俺だけでなくセーレたんもお返事をすると、抱っこしているお袋とマールちゃんも「えらいわね」と言って笑った。うむ、ウチのセーレたんはエライのですよ。

そして、俺の目には遠くてハッキリとは分からないが、奥には格子のはまった窓に沿ってキッチンが設置されている。ステンレスなのかどうかは知らないけれど、金属製のシンクもある。

つまりココは、リ《L》ビングダ《D》イニングにキ《K》ッチンもついた、いわゆるＬＤＫなのだ。

「二人とも、おはよう」

「おはようございますー♪」

そこにアナさんとチャロちゃんが立ち、俺達に挨拶をしてから再び背中を向けた。チャロちゃんの白いしっぽがスカートの腰とおしりの間くらいの位置から飛び出し、上向きになってゆらゆらと揺れている。つけ根にリボンがついているので今は分かりにくいんだけど、そこは単純にぽっかりと穴が空いているのではなく、実はシャツの半袖みたいな筒状になっている。初めて気づいたときには「なるほど！」と思わず手を打ちたくなったものである。

シンクの隣にあるコンロらしきところには、金属の鍋が三つもあった。恐らくはそこから美味しそうな匂いが出てきて混じり合い、部屋中を満たしているのだろう。とても懐かしいような新しいような、なんとも不思議な気持ちになる。

それにしても……ここは本当に異世界なのかと、つくづく疑問になってくるほど設備が整っているよなあ。特に目を引くものといえば、キッチンの隅にレンガっぽい暖炉——壁の角に埋め込むような形になっていて、薪《まき》か何かをくべるらしい部分の上がテーブル状になっている物があるくらいだ。理由は分からないけど、そこだけは魔力じゃないのか……？

だが、それ以外は前世と比べても違和感がなく、考え直してみるとかえってそれが疑問の種になってくる。どこまで文明が発達しているんだろうかと。

ちなみに隣が俺達の部屋で、位置的にもちょうどその辺りが同じ色の壁になっていたので、恐らくはココの暖炉と同じものだろう。つまり、コレで俺達の部屋も同時に暖めることができるってワケだ。

暖炉の反対側の壁にも窓があり、キッチンの窓と合わさってたくさんの光が部屋に満ち満ちていた。それで角部屋だということが解るんだけど、なのにドアがついている。ま、きっと勝手口なんだろう。

「さあセーレちゃん、お座りしまちょうね～♪」

「ジャス様はこちらですよ」

俺がキョロキョロしている間に、俺とセーレたんは長方形のテーブルの短い一辺、俗にいう「お誕生日席」に連れていかれた。他のイスとは明らかに違う、いかにも子供用っぽい背の高いイスが二脚、並んで置かれている。背もたれとひじかけがついているヤツである。

今は外されてテーブルの上に置かれているが、専用のテーブルだってあるんだぜ！　いやっふー。

「じっとしていてくださいね」

「おーぃ」

セーレたんがお袋に同じようにされているすぐ隣で、俺もマールちゃんに専用席に座らせてもらう。ずいぶんと身体がしっかりしてきたので、座るだけなら余裕のよっちゃんである。……俺も前世の、やたら昔のネタに詳しい友達から聞いたことがあるだけで、ネタの起源とかはまったく知らない。よっちゃんって誰だ？

それはともかく、クッションを敷いてあるイスに座らせてもらうと、ひじ掛けの上にテーブル板が置かれ、俺がむやみに動かないようキッチリと固定された。落ちたらシャレにならない高さだもんなー。

「……」

イスの横から下を覗いてみると、ちょっと怖い。

「あああ～んっ」

傾けた頭を慌てて元に戻すと、左のイスに座らせてもらったセーレたんが、こちらに向かっておてて手を伸ばしていた。イスどうしはわずかに離れていているけど、普通に触れ合うくらいはできる距離だ。身を乗り出さないといけないほどではない。

「おー」

だから俺も手を伸ばし、繋ぎ合う。

「きゃあ～♪」

この子は本当に、触れ合うのが好きだね。ただ手を繋いだだけで、嬉しそうに笑ってくれる。見ているると、どんなに苦労をしてでも守ってあげたくなるよ。

「うふふふ～。セーレちゃんは、『お兄ちゃん』が大好きね～」

花咲くようなセーレたんの笑顔に、みんなも釣られて花を咲かせる。特にすぐ側に立っていたお袋は、思わずといった感じで天使ちゃんを抱き締めた。

「ああん、可愛いわあ～♪」

「むぅ～ん！」

そのせいで、妹ちゃんの顔が胸に半分埋まってるけどなー。

「……」

「おふっ？」

それを見て、マールちゃんがなぜか俺の頭を使ってマネをし始めた。が、メイド服の上からふにふにとするだけで、埋まるには至らず。

だけど十分なお手前だと思うので、できればマールちゃんには凹まないように言ってあげたい。顔福でありました。

なお、俺の代わりに親父がフォローしてくれなものかと目をやってみると……。

「ゴホン！　……ンンッ！」

斜め横の席にいる親父は思いっきり明後日《あさって》の方を向き、わざとらしく咳《せき》払いをしていた。そういったことは苦手なようだ。

ところで。

「……」

やっぱり、さっきお袋が言ったのは「お兄ちゃんが大好き」という解釈で間違いないんだろうか……。たまーに聞く単語なのだが、俺のことを指して使われているっぽいんだよね。

俺の願望からそう聞こえるんじゃないか――という可能性をなかなか否定しきれなかったんだけど、そろそろ断定してもいいと思う。

「……えへー」

別に弟がイヤというワケじゃないが、やっぱり俺としてはお兄ちゃんの方が嬉しい。やったね！

「あっ♪」

俺が笑ったのを見て、マールちゃんもなにやら嬉しそうな顔をした。

け、決して俺は、君の「ふにふに」に喜んだんじゃないぞ？　違うからなっ！

「うふふ～。よかったわね～」

「むあっ、むぁうう～！」

って、お袋も拍手しない！　抱き締めたまんまだから、セーレたんの頭がドンドン埋まってる！

「ゴホン！　ゴホン！」

ほら、親父もさっきから咳ばっかりしてるし！

ちなみにキッチンに立っているアナさんは、振り返ってため息をつき……。

「……ぐすっ」

チャロちゃんはすぐに前へ向き直り、肩と耳としっぽをガックリと落としていた。


……そんな風になんだかんだとあった間に、朝ご飯ができたらしい。お袋は親父の隣に座り、アナさんの指示でチャロちゃんとマールちゃんが配膳をする。二人は俺達から見ると左側、出入口に近い方にいる。

上座《かみざ》・下座《しもざ》という考え方はないのかな？　それと見た限り、今日の献立はパンとスープとサラダ……それと、おかずがいくつか。俺の目線の高さがテーブルのそれに近いため、残念ながらどんな料理なのかよく見えないのだ。

鼻をくすぐる匂いはヘルシーそうだが、置かれる皿の数が多いな……。朝からけっこうガッツリと食べるみたいだ。

「はい、旦那さまー」

「ああ、ありがとう」

チャロちゃんがお皿を置くと、親父は笑ってお礼を言う。相変わらずのイケメンっぷりである。

向かいのキッチン側の席にもお皿が置かれ、チャロちゃんとマールちゃんも一緒に食事を取るんだということが解る。一般的にメイドさんがどういう扱いなのかは知らないが、ここの家らしくていい。

「あ〜？　うう〜ん」

なじみのない匂いがするのが珍しいのか、セーレたんはすんすんと匂いを嗅ぎながら、興味深そうに配膳の様子を眺めている。俺も同じだけどな。

ちなみに、食後の団らんに俺達が連れてこられることは今までにもあったが、こうして食事が始まろうとしている場に俺とセーレたんが呼ばれたのは初めてのことである。まだ一緒に食べることができないのは残念だけど、この世界の食生活を観察できることは喜ばしい。

……いや。それ以上に、この一家の食事に一応とはいえ同席させてもらえたことが、純粋に嬉しい。

配膳が終わり、メイドちゃんズの二人も席に着いた。アナさんが座るらしい席にはお茶しか置いていないけど……通いのメイドさんなので、恐らくは自宅で済ませて来たんだろう。この部屋に来てから気づいたが、太陽の角度からして意外と時間は遅いようだからな。

そして最後にアナさんが座る――と思いきや。

なぜか彼女は再びキッチンに戻り、お盆に何かを乗せて、俺達の方にやってきた。で、専用テーブルではなく、その目の前にあるダイニングテーブルに何かを置いた。それから、それぞれ俺達に最も近い場所にいる、お袋とマールちゃんに声をかける。

「さあ、セフィ。マールも」

「ええ～」

「はいっ」

「……っ！」

セーレたんが小首を傾げている隣で、俺は目を見開いていた。こ、これは……もしかして。


Re《り》・New《にゅー》食って、ヤツですかい？


「いい？　まず――」

アナさんは俺とセーレたんにヨダレかけを着けると、お袋の横に立って説明らしき話を始める。

その隣にいる親父や向かいにいるメイドちゃんズも自分達の食事には手をつけず……と思いきや、アナさんに何かを言われ、ゆっくりと食事をしながらその話に耳を傾けていた。その様子を、セーレたんは自分の手の指を咥えてじーっと見つめている。

片や俺はというと、アナさんの話していることを聞き取ろうとするもイマイチ理解できず。加えてこれから初めて物を食べられるんだと思うと、ヨダレが出てくる一方でだんだん緊張もしてきた。

そういや離乳食って、あんまり美味しいものじゃないらしいって聞いたことあるけど、こっちの世界じゃどうなんだろうな……？

「……」

アナさんが器を持ち、小さな木のスプーンで中身をすくいながら説明をしている。やはりそれはトロトロで、一見すると白いおかゆのようであった。

となると、味も想像通りかな……。

次は実践しながらの説明なのか、アナさんは下にお皿を添えた状態で、すくったスプーンをゆっくりとセーレたんのお口へ近づけていく。

「さあ、セーレちゃん」

「んぅ～？」

ところが、セーレたんは自分の指をちゅーちゅーするのをやめず、スプーンをじっと見つめては寄り目にするばかり。それはそれでおもしろ可愛いのだが、食事をさせようという本来の道からは外れている。まさに外道？

「ふふっ」

しかしアナさんは焦らない。赤ちゃんの様子を注意深く観察しているようで、あくまでも笑顔を絶やさず、スプーンを動かして興味を引いてみたり、不意にほっぺをつついたりしている。

そうして、しばらくトライしてみたところ。

「……ふぅ」

それなりに興味は持っているみたいだけど、結局セーレたんは食べようとしなかった。でもアナさんはムリをさせず、笑顔のまま小さくため息をつき、天使ちゃんの頭をなでなでするとあっさりスプーンを引っ込めてしまった。

「……」

家事や育児において完璧だと思っていたアナさんが、まさかの失敗?

初めての離乳食って、難しいもんなんだなあ……。

「それじゃあ、ジャス様に」

「おおぅ?」

ぼーっと眺めていたら、とうとう俺にお鉢が回ってきた! 「行くぜハチ!」「ヘイ旦那!」ってなもんである。サッパリ意味は分からんが。

俺がそんなアホなことを考えている間に、アナさんは後ろから右側へと回ってきた。そしてお皿の中から離乳食をすくい直し、俺の目の前に持ってくる。

「さあ……あーん」

スプーンの中身を見てみる。やはりおかゆのように見えるそれは、何かをペースト状にしてあるようだ。とても粒が細かく……というか、粒らしい粒がほとんど見当たらない。そして湯気も見えず、適度に冷ましてあるんだろうなということが見て取れる。においも嗅《か》いでみたが、あまりよく判らなかった。

だけど見た目以上に、手間をかけて作ってくれたんじゃないだろうか……。そんな気がする。

「ふふっ」

「なぅ？」

左右に揺り動かされるスプーンを見ていると、もう片方の手でほっぺを突っつかれた。目線をあげてみるとアナさんは微笑んでいて、お袋達は興味深そうに俺の方を見ている。

「にゅ～」

そしてセーレたんもまた、言葉通りの意味で指を咥えて俺のことを見つめていた。

「……」

初めての食事。確かに味や食感などにも興味はあるけど、それ以上に俺の身体はちゃんと受けつけてくれるんだろうか、という気もしてくる。

とはいえ、歯はそろそろ生え始めているのだ。自分で指を噛んでみると、下の前歯に当たる部分にわずかな硬さを感じるようになってきたし、歯みがき、というかマッサージらしきものは早い段階から既にやってもらっている。これもセーレたんはあまり好きではないようで、お袋達の手を焼かせていたりするんだけど。

離乳食を始める時期としては、今くらいがいいんだろうということは、俺にもなんとなく分かる。

……となれば、ここでも俺が率先してやっていくべきだろうな。

「んあー」

俺はドキドキしながらも、ヨダレのあふれそうな口を大きく開けた。するとアナさんは嬉しそうに口元を緩ませ、木のスプーンをゆっくりと口の中に入れてくれた。背後のお袋達もほっとしている様子が見えて、それだけでもやって良かったという気持ちになる。

「あむー……？」

おっ？　思っていたより美味しいぞ？

かなーり薄味ではあるけれど、それはおっぱいも似たようなものだ。だけど舌と口の上のところで押し潰すようにしてみると、じんわりとした甘みが口の中全体に広がってきた。

肉や魚などの「オトナの食事」を連想すると「うぇぇ～」となるかもしれないが、最初から味気ないものと思っていたから、予想外に美味しく感じた。

「んむー♪」

いいね！　と親指を立てたくなったけど、そうはいかない。なので、にっこりと笑ってみせることで気持ちを表した。

その直後、みんなも一斉に破顔する。

「ふふっ、良かったわ」

「ジャスちゃんが食べたわ～♪」

アナさんは茶色い目を細め、お袋はぱふりと手を叩いた。親父は小さくうなずき、メイドちゃんズは「よかったですー♪」とか、「ジャス様、すごく可愛いです」などと言って喜んでくれている。

ちょっと照れくさいけど、ほめてくれるのは嬉しい。

アナさんはこぼれてしまった俺のヨダレを拭いてくれた後、食べさせ役をマールちゃんに譲った。

だが俺は喜んで食事を続ける。

「はい、ジャス様っ♪」

「んあー」

味はもちろんだけど、今までの食事にはなかった食感が楽しい。実はおっぱいも毎回味が微妙に違うんだけど、飲むだけでいいという点では一緒だったもんなあ。なにより、のどごしが違う。

次はチャロちゃんが席を立ち、マールちゃんからスプーンを受け取って差し出してくる。とっても楽しい食事であった。

「……さあ、セーレ様も」

ふと横目で見てみると、アナさんに促されたらしいお袋が、もうひとつの離乳食をすくってセーレたんに見せているところだった。パッと見は普通なんだけど、アナさんの慣れた手つきを見比べると少しだけ心許《もと》ない感じがする。

「む～……」

アナさんでさえ失敗したばかりなのに、さっきの今ではダメだろうと思いながら見つめる俺。その間にもチャロちゃんからスプーンをもらい、口の中でもごもごさせてみる。

無意識に普通に噛んで食べようとしていたが、さすがにムリだったので舌ですり潰《つぶ》す。うまうま。

そうしているとセーレたんと目が合い……なんと、今度はちゃんとお口を開けたのだ！

「あ～っ」

「んおーっ！　……ぁ」

嬉しい驚きのあまり、つい食べかけの離乳食を思いっきりこぼしてしまった。ゴメンよチャロちゃん……。

だけど何かが面白かったらしく、チャロちゃんもマールちゃんも大笑いしていた。ちょっとビミョーな気分である。

「うふふふふ～。セーレちゃんも食べてくれたわ～♪」

「ええ、ええ」

視界の左側では、お袋とアナさんが手を取り合って喜んでいた。セーレたんはお口をもごもごさせながら、そんな二人を見て蒼いおめめを白黒させている。やや戸惑い気味の様子で食事をしているセーレたんも、やっぱり可愛い。

いつの間に代わり番こになったのか、次はマールちゃんから食べさせてもらいつつ、俺もラブリーシスターの記念すべき初・離乳食を我が目に焼きつけていた。そしてそれは、他のみんなも同様だった。

だがそのとき、アナさんから衝撃の言葉がっ。

「……思った通り。先にジャス様が食べてくれたら、セーレ様も食べてくれたわね」

「はへっ！」

な、なんと!?　まさか、すべて計算通りだったとおっしゃいますかっ！

さすがのアナさんもときには失敗するのかと思っていたが、それさえも計略のうちだったとは……。

アナさん、恐るべし。

「あははは、またこぼしちゃいましたー！」

「……あ」

んでもって、俺はまた盛大に離乳食をこぼしていた。チャロちゃんは俺の顔を見て声に出して笑い、マールちゃんも口元を押さえながら、もう片方の手で俺の口を拭いてくれる。

あーあ、また迷惑をかけてしまった。

「ふふふふふっ！」

「うぅ……」

まったく……俺ときたら、何かのコントじゃないんだからさー。

☆第十四話　こどもの遊びとオトナの遊び？

——気のせいが気のせいではなくなり、気がつけば当たり前になっている。日常の中での変化とは、そういったものだ。

ふと振り返ってみると、今まで歩いてきた跡が道になっている、というか。

「きゃいきゃいきゃいきゃいきゃい、きゃあ〜♪」

「うぇいうぇいうぇいうぇい、うぇ～～い」

お前らはどこの運動部だ、と言われそうな、意味不明な声のやり取りを交わす俺とセーレたん。

言うまでもなく、当人達もよく分かっていない。

いつの間にか暑い暑いと嘆く日はほとんどなくなり、ずっと広い広いと思ってきた双子用ベビーベッドも、そこそこ動けるようになってくると手狭に感じるようになってきた。

今日は雨が降っているようだが、常に屋内にいる俺達にとっては関係がない。魔導文明のおかげで、外は暗くても中は明るいしな。

というかむしろ、雨が降った方がミョーにテンションは上がる。

「ひゃああ～ん！」

「おおっふー」

睡眠や食事などの生活リズムがかなり安定してきて、遊びの時間も増えてきた俺達。今がまさにその最中で、腹ばいで俺の上に乗っかろうとしてくるハニーちゃんを、俺は赤ん坊最速の動きである、必殺・ローリングサンダー……よーするに、転がることによって避けた。

「んにゃあああ～」

「はっはー」

手足をじたばたさせて、楽しいけど悔しそうにも見えるセーレたん。立ち位置が逆な気がしないでもないが「捕まえてごらんなさ～い♪」ごっこである。俺は柵のある端っこに追い詰められながらも、余裕のよっちゃんフェイスを見せた。

……だから、よっちゃんって誰なんだよ？

「きゃあああ～ん」

「おおう！」

しかし、俺の妹ちゃんもなかなかのヤリ手である。腹ばいのアザラシ走法では敵わないと気づくや、すぐに俺の必殺技であるローリングサンダーをコピーし、劣らぬスピードで猛追してきた。

な、なんという才能だ！

「……くっ」

だがキミは哀しいかな、その必殺技が必殺たる真の理由に気づいていない。

その技は、視界がぐるぐる回ってしまうという致命的な欠点を抱えている。また、気づかぬうちにお互いの頭と頭がごっつんこして泣いてしまうという、最悪の事故が起こる可能性を常にはらんでいるのだ！

それどころか、柵に頭をごっちん、なんていう大惨事の可能性もある。想像するだけでも涙が出そうだ。

……この子のお兄ちゃんとしては、そんな哀しい運命《さだめ》は到底受け入れられない。断固拒否する！

「きゃあぁあぁあ～！」

「むぎゅっ！」

故に俺は身を挺《てい》し、柵とセーレたんとの間に挟まれる結末を甘んじて受け入れる。

でも悔いはない。あるのは笑顔だけだ。

「きゃあぁ～ん♪」

「ぐふぅー」

両手を上げて降参している俺に、セーレたんが半ば乗るようにして抱きついてくる。

妹よ、ついに兄を超えたな！　……昨日も、同じようなことを思った覚えがあるけど。

最近は前歯もハッキリと分かる程度に生えてきて、離乳食の回数も増えてきた。そのおかげもあるのか、特に手足にグッと力が入るようになってきたので、運動能力も急激に伸びてきた感がある。動くと当然お腹が減るので、それでなおさら食が進むという好循環ができつつあった。

能力が向上するのは嬉しいし――それに、お袋やアナさんのアレが少し赤くなっているのを見ると、離乳食への移行を進められてよかったと思う。それでもほとんど痛そうな顔を見せないから、なおさらな。穏やかに微笑んでくれているのを見ていると、尊敬の念を新たにすると共に、胸がきゅんと痛くなるんだよ。

ただ……粗相をしたときのアレもまた、だんだん本格的になってきたというデメリットもあるのだが。

急速な発展には相応の大小――もとい。代償が伴うんだということを、俺は地球の産業革命以降の歴史以外から、初めて学んだ気がする。

「ふふふっ。見ていて飽きないわね」

「だよねー♪」

可愛い妹の抱擁……ちょっとばかりベアハッグになりつつあるそれを受けながら遠い目をしてい

ると、ソファーに座って俺達の熱いバトルを観戦していたマールちゃんとチャロちゃんが、笑顔を輝かせて感想を言い合っていた。楽しんでもらえてなによりだ。

「それじゃあ、そろそろ」

「うん」

セーレたんに取られた手を噛まれてアイタタタ……となっていると、マールちゃんがぽんと手を叩き、それを合図にチャロちゃんと一緒に立ち上がった。今日もアレをしてくれるようだ。

俺が期待の目差《まなざ》しで見つめていると、二人はにっこり微笑みながら柵の金具を外し始めた。

さあ今宵《こよい》も、飢えた魔獣を野に解き放つのだあーっ！

「いろんな動物さんがいますね」

「おー！」

……と、いうことで。

ソファーに上げてもらった俺達は、それぞれ彼女達の脚の間に座らされ、絵本を読んでもらっているのでした。とりわけ知識欲に飢えている俺にとっては、まさしく垂涎《すいぜん》のひとときなのである。

そして今は夜ではなく、まだ昼前なのであった。

「じゅるり……」

「ふふっ」

実は物理的にもヨダレが出ているのだが、マールちゃんはそのたびに優しく拭いてくれる。離乳食を食べるようになってから、どうも出てくる量が多くてね……申し訳ない。

ちなみに俺にはマールちゃん、セーレたんにはチャロちゃんがついている。小柄で力の弱そうなチャロちゃんには妹ちゃんの方が抱っこしやすいのか、近頃はこの組み合わせがパターンになりつつある気がするな。

「ジャス様、これがお馬さんですよ」

「……お、おぉ」

お馬さん、ごっついなあー。いかにも繊細そうなサラブレッドのイメージと比べてみると、脚は鉄柱のように太く、足首周りにはふさふさの毛がたくさんついている。全体的にも筋肉がすごくて目つきも恐ろしく、中には頭に角が生えているものさえいるようだ。だけどユニコーンのような優しそうな雰囲気はなく、むしろその角で突き殺しに来そうな迫力である。

そんな「お馬さん」がかなり写実的なイラストで描かれているのだが、なんと後ろに車をつけて引っ張らせている「馬車」もあるらしいのだ。だから、俺も取りあえずは「馬」として認識することにした。

しかしこんなの、一体どうやって飼い慣らしてるんだろうな……？　絵に添えられている説明書きが読めないので分からないんだけど、そもそも草食かどうかも疑問だ。

「これが、いのししさんですよ」

「……」

どう見ても、生きたフォークリフトだよねコレ……。もしくは、巨大カブトムシのご親戚。こんなのが野生にカッポカッポしているのかと思うと、背筋が寒くなるな。

しかし考えてみると、人間であるハズの親父も超人的な剣の使い手だ。もしそれをこんな動物相手に振るうことがあるのだとすれば——確かに、それくらいの実力がないとダメなんだろうなと納得できる。

なんというか、やっぱり異世界なんだな……。

「あはははっ、かわいいですよねー♪」

「ひゃあぁ～ん！」

俺が戦慄《せんりつ》しているかたわら。チャロちゃんに抱かれたセーレたんはおしゃぶりを咥えさせてもらい、しかも表紙からしていかにも女の子が好きそうな、メルヘンチックな絵本を見せてもらって大喜びしていた。まだまだ赤ちゃんなのに、やっぱり女の子なんだねー。

ところでチャロちゃんは、読んで聞かせることよりも絵を見せることを重視しているようだ。マールちゃんもどちらかと言うとそうなんだが、言葉でもある程度の説明をしてくれるので、俺としては非常に助かっている。言葉だけだと、表情や視線、前後の動作などで推測していかないといけないからな。

イラストという具体的な大ヒントがあると、理解のしやすさが段違いだ。加えて文字も書かれていれば、それも一緒に学ぶことができるしな。

更に掘り下げて観察してみると、「本」そのものについても、なかなかしっかりと作られていることが解る。さすがにフルカラーとはいかないようだが、この本だって多色刷りされていて、紙質も決して悪くない。多少は繊維《せんい》が見えていたり色も茶色かったりするけど、サラサラで真っ白なコピー用紙のようなのが当たり前と考える方がムチャだろう。それなりの製紙と印刷の技術があるのは明らかだ。

もっと考えてみるなら……こういった本がごく一般に流通していること。ウチがどうやら貴族らしいとはいえ、個人が買える値段であるらしいということ。そして本を作って売ることが商売にできるくらい、識字率や教育水準が高いんだろうということ。

……実際に合っているかどうかはともかく、そこまで考察や推測ができてしまう。

だけどまさか、絵本というものがこれほど世界や言葉の理解に役立つものだったとは……。目からウロコがポロポロ落ちすぎて、全身が埋もれてしまいそうだ。

「ふふふっ」

熱心に本に見入っている俺の頭を、マールちゃんは小さな声で笑いながら優しくなでてくれる。

チャロちゃんもそうだが、この娘《こ》も見た目の年齢に反して赤ちゃんの扱い方が上手いよな。ベビーシッターの経験でもあるんだろうか？　とても気立てのいい娘《こ》達だということは疑うべくもないが、まだまだ俺の知らないことはたくさんある。

まったく、知りたいことが多すぎて、ヨダレが止まらんよ……。

「はい、ジャス様も」

「んあ？」

やたらに尾の長い極彩色《ごくさいしき》の鳥の絵を見ていると、マールちゃんにまた口を拭いてもらってから、俺用のおしゃぶりを咥えさせられた。

「むーん」

本に垂れるといけないもんな……。

助かります。


しばらく降ったりやんだりを繰り返していた天気が良くなり、空には数日振りの青空が広がっていた。涼しい空気を深く吸って吐くと、とても気持ちがいい。

「ふんっ！」

小休憩を終えた俺は再びうつ伏せになり、両手を広げて絨毯に押し当てた。そして、力を込めて身体を持ち上げにかかる。

腕立て伏せなどとは程遠い、単なる上体起こしである。

「うぅぅぅぅ……っ！」

まだ食いしばれるほど歯が生えていないので、こういうときにちょっと困るな……。まさしく生まれたての子鹿のように両腕をプルプルさせるも、なかなか上半身を浮かせることは叶わない。いや、持ち上げること自体はできるんだけど、すぐに力尽きてしまうのだ。

「……うへぇー」

あー、もうムリ。すぐに絨毯に突っ伏し、またまた休憩。更なる高み《ハイハイ》への道は、まだ遠いなぁ。

俺が死んだカエルのポーズを取っている横を、可愛らしいオットセイ、もしくは凛々《りり》しい女性隊員ごっこをしているセーレたんが、するするする〜っと移動していく。

「きゃあ〜♪」

うん、上手に腹ばいで動いているね。さすがに俺の全力の匍匐《ほふく》前進には及ばないけど、けっこう速い。お袋やメイドちゃんズも驚いていた。

すっかりベビーベッドが手狭になってきた俺達は、遊びの時間については絨毯の上に降ろしてもらえることが普通になっていた。その分念入りに掃除しないといけなくなっているようだが、それでもイヤそうな顔ひとつせずに掃除をし、かなり重たくなってきただろう俺達を降ろして遊ばせてくれるのだから、本当にありがたい限りだ。

みんなに感謝の気持ちを抱きつつ、俺はころんと転がって仰向けになった。そして、「ふぅ」とため息をひとつ。

見上げた白い天井には魔法の光が灯《とも》り、太陽と一緒になって俺達を明るく照らしてくれている。

今日も穏やかかな、いい日だ——。

「ひゃあああ〜〜〜ん♪」

「ぐふううううっ⁉」

朝からちょっぴり黄昏《たそがれ》れていると、いきなり妹様が視界の外から飛び込んできた！　大きな頭がほとんどハンマーと化し、俺のストマックにジャストミート。

ジャスパーは三のダメージを受けた。

「きゃあ〜」

「お、お、おおぉ……」

な、中身が出るかと思った……。更に抱きつきからお得意の横四方固めに移行しかかっていたのを巧みに防ぎ、なんとか対等なクリンチへと持っていく。

この子、可愛い顔をしているが意外と油断ができんのだ。

「ふふふっ！」

俺達がベッドにいない間、その上を掃除していたアナさんが俺達の遊びを見て噴き出している。

かなりウケたようで、それなりに痛い思いをした甲斐《かい》があったというものである。

「おーっ！」

「にゃあ〜？」

いきなりフライングヘッドバットは危ないゾ？　という意味を込めて柔らかな金色の髪をなでてみるが、残念ながら伝わらない。無邪気ないたずらっ子はくりっとした蒼い瞳に俺の顔を映し、俺のお腹の上で小首を傾げている。

……もうそれだけで何でも許す気になってしまう、この子の魅力が憎らしい。

「失礼します」

我が妹君がいずれ傾国の美少女になるんじゃないかと心配していると、優しいノックの音がしてマールちゃんが入ってきた。いつもの空色をしたポニーテールは、こういう天気のいい日にはいっそうキレイに映る。

「……あら？」

入口で靴を脱いだマールちゃんは重なり合っている俺達を見ると、笑顔のままに軽く首を傾けた。

ちなみに、見るからに西洋的な文化を築いているこの世界だが、この部屋についてはなんと土足厳禁である。そのおかげで、俺とセーレたんは絨毯の上で遊べるのだ。

「アナさん、終わりました」

「そう、ありがと」

マールちゃんはアナさんと短い会話を交わしながら、ソファーの横にある小さなテーブルの上から何かを取り、そのまま俺達の方へ歩いてきた。きっと、俺達のベッドにあった毛布やシーツなどの話をしているんだろう。アナさんが掃除していたのは、何もかもがなくなってスッキリとしたベビーベッドの上部なのであった。

ところで赤ん坊の俺から見ると、短いソックスを穿いた彼女の細いおみ足が、だんだんと近づいてくるんですけど……。

「あっ、あー」

い、いくらスカートの丈がひざまであるとはいっても、俺は今、床に仰向けになっているのだ。そのため俺の視界からは、彼女の白い肌がふくらはぎ、ひざと、少しずつその見える範囲が上に上にと――!

「セーレ様、お髪が乱れていますよ」

「あう～？」

「……ふ、ふぅ」

危なかったぁ……。暗い傘状になったスカートの中が見えそうな直前で、マールちゃんがひざをついてくれたおかげで見えずに済んだ。

まあ、マールちゃんにはたまにお風呂に入れてもらっているので、面積だけならそれどころじゃない範囲を既に目に入れてはいるんだけど……。だが俺は極力見ないようにしているので、なんとかセーフ――じゃ、ないかなーと、俺は思っていたりするワケであり。

俺の方だって、いや～んな部分を思いっきり見られたり洗われたりしているワケであり、それでおあいことゆーコトに、して……くれないかなあ。

「さあ、セーレ様」

「あ～ん」

ドギマギしている俺のことなどつゆ知らず、マールちゃんは俺の上からセーレたんを抱き上げて、正座のようになったひざの上に座らせると、持っていた櫛《くし》で髪を梳《す》き始めた。それだけではなく、同時に持っていた手鏡をセーレたんの方へ向けて、髪が整っていくのを見せてあげている。

「あんや～?」

「ふふふっ」

自分の映った姿を見ておめめをパチパチさせている様子に、マールちゃんが笑みをこぼす。それが自分だって、この子はちゃんと分かっているのかなー?

セーレたんが女の子だからか、マールちゃんに限らずみんなは、こうやってときどき鏡で自分の顔を見せながら身だしなみを整えてあげている。その姿はとっても微笑ましく、俺はもちろんのこと、アナさんも笑顔で二人の様子を眺めていた。

「はい、できましたよ」

「やあ～ん♪」

キレイになったのがお気に召したようで、セーレたんはとても嬉しそうな声を上げた。よかったねー。

ひざの上から解放されると、まるで俺に「見てー」とでも言うように、その場にお座りしたまま両手を伸ばしてくる。……ああもう！　ベリーショートくらいに伸びた金色の髪と、蒼くて澄みきった瞳があまりに可愛すぎて、思わず転げ回りたくなるなあー！

本当に転がってやろうかと腰を捻《ひね》ろうとしていたところ、マールちゃんがひざをついたまま俺の方に近寄ってきた。

「さあ、次はジャス様ですよ」

「お？」

えっ、俺の髪も爆発してる？　そう思っている間に俺は起こされ、更にくるりと後ろを向かされると、メイド服のスカートに包まれた柔らかな太ももの上へとライド・オン。

「ジャス様もきれいになりましょうね」

「……おー」

俺は男なんだから、別にー……と喋ることのできない俺は、されるがままに髪を直される。優しく頭皮をなでる櫛の感触が、ちょっぴりこそばゆい。俺はそれをガマンしながら、手鏡に映された俺の顔を見つめた。

毎日見ているように、セーレたんの髪は明るい金色で、瞳は吸い込まれそうなほどにキレイな蒼色をしている。お袋と一緒だな。

だが、双子であるはずの俺は——。

「……」


——髪は銀色で、目は碧色なんだよな。

この色は親父と一緒だから、それはそれで血の繋がりは実感できるのだが……。


「はい、できましたよ」

「……おおー」

マールちゃんの手鏡には、短い髪をキレイに整えてもらった男の赤ん坊が映っている。左右のほっぺがぷっくりと膨らんでいるけど、それはそれで赤ん坊らしく、まあそれなりに俺も顔の作りは悪くないんじゃないかなーと思う。それどころか、今の親父に似るならちょっと期待できるかもしれない。

……遠い未来のフサフサまで保証されているかどうかは、分からんけどなー。

「きゃあ～っ♪」

黄色い声に我に返ると、お座りしているセーレたんが、モミジのようなおててを叩いて喜んでいた。どうやら、俺の姿がおメガネにかなったらしい。やったぜ！

　しかもマールちゃんとアナさんにもそう見えたのか、賛同の言葉を俺にくれる。

「はい、格好よくなりましたね♪」

「ええ、旦那様によく似ているものね」

「お……おー」

　きっとお世辞なんだろうけど、それでもちょっと照れるなあ……。

　三人の女性達から見つめられ、俺はなんともくすぐったい気分になったのであった。


　──と、あとは特に何事もなーく時間が過ぎるのかと思っていたら。

「あら」

「ん？」

　すっかりかんになったベビーベッドに腰掛けて俺達を眺めていたアナさんが、窓の外をふと見て何かに気づいた。その声に俺とセーレたんも顔を上げ、マールちゃんも興味を示した。

「どうしたんです？」

「ほら、噂をしていたら」

「……あっ」

　立ち上がってベッドに近づいたマールちゃんも、その何かに気づいたらしい。っていうか、なんなんだ？

「あーうー」

「な～ん」

双子そろって声を上げるとメイドさんコンビが振り返り、お互いに顔を見合わせるとにっこりと微笑んだ。そして絨毯にお座りしていた俺達を抱き上げ、窓のところまで連れていってくれる。

なお、俺を抱っこしてくれたのはマールちゃんである。

「……あ」

「きゃあ～♪」

そこで、俺達も見た。

窓の外に広がる庭。秋も本格化してきて緑の鮮やかさにはかげりが出てきたものの、芝はいまだ青さを保ち、右の方にはまだ縦横のポールがあるだけの洗濯物の干し場がある。奥の壁際には何かの木が生えており、その足元にある花壇には秋の花がそよ風に揺れている。

そんなキレイな庭を背景にして、親父とお袋が向かい合っていた。

「……？」

まあ、それだけなら特になんでもないのだが……。

どうして親父は、木剣をお袋に向けて構えているのだろう？

「あら～♪」

「……おお」

窓から俺達が見ていることに気づき、お袋は手を振り、親父も木剣から片手を外して軽く上げてくれる。それで、わずかに張り詰めていたように感じた空気が霧散した。

「おー？」

「あぁ～ん」

マールちゃんとアナさんが、それぞれ俺達の手を取って振り返してくれる。

ところであの二人、何をやっているんだろう……？　いつものように親父が剣の素振りをしているだけなら、お袋が向かい合っている理由が分からない。外にはお茶もできるテーブルとイスが置いてあるんだから、前みたいにそこで座って見ていればいいんだから。

同じ疑問を抱いたのか、アナさんが声をかけた。

「セフィ、何しているの？」

「ええ～。жяъэЯがずいぶん良くなってきたから、軽～くЭктоをね～」

「……？」

えっ、なに……？

俺もそれなりにこの世界の言葉が解るようになってきたと思うんだが、肝心なところの単語が聞き取れなかった。

「あなた、大丈夫なのー？」

「ええ～♪」

心配の様子を見せるアナさんに、お袋はのほほ～んと手を振って見せる。どういう意味なのかとマールちゃんの顔を見てみたが、この娘も知らないようで小首を傾げている。

「あ～」

セーレたんが自分でおててを振っているのを視界の隅に映しながら、俺は二人が向かい合って
——というか、親父がお袋に木剣を向けている理由を考えてみる。

今日は仕事がないのか、あるいは午後からなのか。けっこう出勤時間がマチマチらしい親父は、いつもの動きやすい薄い服を着ている。俺の視力もけっこう良くなってきたので、半袖から覗く両腕には鍛え抜かれた筋肉も見て取れる。すげーよなー。

対するお袋も、普段と変わりないワンピース系の服。涼しい風が吹き抜けると、ロングのスカートと、途中で折り返してなおオシリの辺りまで届くほど長い髪がふわりとなびいた。

思わず、見とれてしまいそうなくらいにキレイである。

「……むー」

ひとつだけ思い浮かんだことがあるのだが、あまりにお袋の雰囲気に合わなすぎて、自分でもどうしてそんなコトを考えたのか不思議に思ってしまう。


まさか、親父の剣の稽古《けいこ》の相手を、お袋が務めるとか——ねえ？

己のアホな考えを、笑ってかき消そうとしたその直後。

「——フッ！」

なんと、親父がお袋に向かって剣を持ったまま突っ込んでいった⁉　その「まさか」かよッ‼

「うふふ～♪」

だがお袋は、これから奥の花壇にお水をあげに行くの～、とでも言いそうな微笑みをこちらに向けたまま。

……親父の一メートルは優にありそうな木剣のフルスイングを、わずかに頭を動かしただけで避けて見せた。

「えっ」

今――見ないで避けたよな？

風圧で髪が揺れるほどの、トンデモない親父の剣撃を。

「……」

信じられない出来事にアナさんは固まり。

「……きゃあっ⁉」

「わうっ！」

マールちゃんは、かなりの間が空いてから短い悲鳴を上げた。後退《あとずさ》りと共に思いっきり身体が揺れて、抱っこされている俺も焦る！

「あっ……も、申し訳ありませんっ！」

「お、おー」

いや、それでもちゃんと抱っこしてくれているから、いいんだけど……。

だが、俺達がそんなやり取りをしている間にも、親父は猛烈な勢いでお袋に迫りながら剣を振りまくっている。

「ハアッ！　セアッ‼」

「うふふ～」

「……」

いやいやいやいや。うふふ～じゃないでしょう……。

怒り狂う猛牛を捌《さば》くマタドール、だったらまだ理解できる。

でもお袋は、まるで満開に咲き乱れるお花畑の真ん中でくるくると踊るお姫様のような呑気さで……。

本気で殺す気なのか⁉　と正気を疑うほどの親父の剣を、易々《やすやす》といなしているのだ！

「お、奥様……すごい」

「聞いてはいたけれど、これほどなんて……」

当たりそうで当たらない紙一重で、親父の攻撃を踊るように避け続けているお袋の姿に、マールちゃんとアナさんも目を見開いている。なぜか、驚愕《きょうがく》というよりは感動しているように見えるんだけど。

それからアナさん……聞いていたって、何を？

「きゃあああ～～ん♪」

「……」

そして、アナさんの豊かな胸に抱かれているセーレたんは、なんとも無邪気に喜んでいた。

この子、将来は思った以上に大物になるかもしれない……。

「流石《さすが》……だなッ！」

「うふふふ〜」

マールちゃんの感嘆のため息を頬《ほお》に感じながら、俺は親父とお袋のバトル——いや、ダンス？　二人の温度差が大きすぎてなんと言えばいいか分からないナニかを、食い入るように見つめる。一瞬でも目を離したらどうなるのか、ヒヤヒヤモノだ。アナさんも、いったい何を聞いたのか教えてくれないし……。

だがそんな俺の不安をよそに、親父とお袋はお喋りができるほどの「よっちゃん」らしい。……もう、よっちゃんの正体はどーでもいいや。

そんな心の余裕は、俺にはない。

「あなた〜、もっと速くてもいいわよ〜？」

「ああッ！」

「……」

おいおい、更に動きが速くなったぞ……？

親父の剣は冴えに冴えまくる。しかしお袋は相変わらずくるくる〜と回り続け、踊るようにしてそれを完璧に回避している。そのわりにはスカートや髪や胸の揺れがほとんどなく、お袋の周囲だけに何か別の物理法則が働いているのかと考えてしまうほどだ。

「ひゃわあっ⁉」

そんな親父とお袋を凝視しすぎて目の渇きを覚え始めた頃、庭の隅から甲高い誰かの悲鳴じみた声が聞こえてきた。心配しながらもココからじゃ見えないので視線をそわそわさせていると、やがて右の方から洗濯物の入ったカゴを抱えたチャロちゃんが、しっぽを逆立てながら怖々と歩いてきて。

「うわっ。す、すごいですねえー」

そしてお立ち台を使い、隅っこでせっせと洗濯物を干し始めた。

「……」

チャロちゃんも、意外と肝が据わっているんですね……。

「あああ～ん」

セーレたんも、さっきからずっと喜んでるし。

……さすがは異世界である。

☆第十五話　いっしょに苦難を乗り越えよう

日々の気温が少しずつ下がってきて、朝夕にはやや肌寒く感じることも増えてきた。身体を起こして外を見てみると、ガラス越しに見える庭の草木にも枯れた色がチラホラと。お掃除のときか日射しの暖かな日中でもなければ、窓を開けてくれることも少なくなった。

「やあ～っ、ああ～ん！」

「……おおぅ」

後ろから聞こえる声に止まって振り返ると、セーレたんが一生懸命に俺に追いつこうと、絨毯の上で腹ばいで動いていた。一方の俺は、しばらく日課にしていた腕立て伏せモドキが功を奏したのか、四つんばいになってハイハイ歩きができるようになっていた。そうなると、移動範囲が一気に広がる。

いくら才能あふれる天使ちゃんとはいえ、ちゃんと目的を持ってトレーニングをしている俺のスピードとスタミナには、なかなか追いつけない。

「あーい」

だから俺は、こうしてセーレたんが追いついてくるのを待ってあげるのだ。

この子が俺を追いかけてくれるのなら、それがこの子にとっていいトレーニングになるだろうという考えもあって。

「んにゃあぁああ～……」

お座りして待っていた俺の下に、ちょっと疲れながらもセーレたんがやってきた。絨毯に寝っ転がったその子の頭を、よくできましたとなでてあげる。すると、輝くような笑顔を見せてくれるのだ。

「きゃあ～ん♪」

「あははーっ」

そんなに喜んでくれると、俺も本当に嬉しいよ。

こうして、これからも一緒に大きくなっていこうな。

一方、相変わらず魔力の方は押しても押してもビクともしなくてちょっと挫《ざ》折《せつ》気味なのだが……。フィジカルトレーニングの方は着実に成果が出ていて、俺のモチベーションを上げてくれている。歯が生えてくるにしたがって離乳食の量や内容も変わってきて、ようやく「食べている！」という実感が持てるようになってきたのがコレまた嬉しい。

その分、出したモノもかなーり臭うようになってきたんだけど……。

一歩どころか半歩ずつだけど、ちゃんと成長しているのだ。

「あー、いー、うーっ」

「あぁ～ん」

お座りしたままダンス風に手足を動かすと、セーレたんもマネをして可愛く踊る。俺は発声練習も同時にやっているが、ハニーは楽しそうな声を出している。

「うあああああああーーーー」

「きゃあああああああ～～～」

今度は絨毯に寝そべり、どこかにぶつからないように気をつけながら、ひたすらに転がっていく。平衡感覚を鍛えるのだ。

セーレたんも遅れてころころと転がってくるので、先に安全を確保した俺が受け止めてあげる。

……目がぐるぐる回って動けないので、文字通りに身体を張って。

「うひぃー」

「ふにゃあああ～」

　セーレたんもおめめを回してしまったようで、頭をふらふらさせながらも楽しそうに笑っている。子猫みたいな声を出して、本当に可愛いねー。

　こうしたトレーニングは、誰も部屋にいないときにだけするようにしている。ただ遊んでいるだけならともかく、いかにもそれらしいトレーニングをしていたら不自然すぎるからな。

　俺に向けてくれているみんなの笑顔が歪むところなんて、俺は絶対に見たくない。

「ふー……」

　先にバテて仰向けになっていた妹ちゃんの隣へ、俺も寝転がった。おデコには汗をかき、身体中にはだるさを感じる。

　前世ではロクに筋トレもしなかったクセに、ちょっと頑張りすぎたかー。

「……はぁ」

　この世に生を受けて、はや数ヶ月。地球の暦を当てはめれば、恐らく半年は過ぎているだろう。

　前世への想いは断ち切れた……とは完全には言えないものの、今の境遇を素直に受け止めようと思うくらいには吹っ切れている。平和で進んだ世界と優しい家族に恵まれて、本当に幸せだと思う。

　だから、こそ。


　――俺が前世の記憶を持っていることは、誰にも知られてはならない。

　少なくとも、話しても大丈夫だという確信が得られるまで。

それまでは、せいぜい「ちょっと変わった男の子」くらいで済むようにしなければ。

「はあ……」

だけど、そうしながらもいろいろと頑張って、可愛い妹が立派な女の子に育つようにサポートしてあげたいのだ。今もこうして前向きにやってこれたのも、この子のおかげだからな。

もしも俺が一人っ子だったら、この世界や家族を受け入れるのにも相当な時間がかかっただろう。

だから、本当に心から感謝している。

前世でも、将来に大した目標や夢なんて持っていなかった……と思う俺にとって、この子や家族の笑顔を絶やさないことが――。

もっともっと笑顔になってもらうことが、今の「俺」の、何よりも大きな目標なのだ。


昨夜の食卓で、俺が離乳食のお代わりをねだったことにお袋達がビックリしていた。そして今朝、アレの臭さにチャロちゃんが鼻を摘んでいた。……ごめんよ?

「ほっ、ほっ」

今日は朝からけっこう冷え込んでいたのもあり、身体を温める意味でもなおさらトレーニングに打ち込んでいた。必殺のローリングサンダーでソファーの足元の角に頭をぶつけ、危うく俺自身が必殺になるかと思った一幕もあったが、それを除けばまあまあ順調。

その部分もしっかりと革張りだったから、それも不幸中の幸いであった。それでも泣いたけど。

「あぁぁぁ〜……ん」

「……あっ」

　ハイハイでのタイムトライアルに熱中していたところ、一生懸命についてこようとしていたセーレたんが途中リタイアしていたことに、ようやく気づく。

「はあ、はあ〜」

「うぅぅー」

　ご、ごめんよー。まさか、限界まで追いかけてくれるとは思ってなかったんだ。

　汗をいっぱいかいて絨毯に寝転ぶセーレたんを、お詫びの気持ちを込めてなでなでする。そういえば俺もけっこうな汗をかいており、身体中にかなりの疲労を感じる。頑張った分だけ伸びるような気のする時期とはいえ、ムリは禁物だ。

　それに今日はみんな忙しいのか、朝の掃除が終わってからはあまりこの部屋に来ない。だったら俺がお兄ちゃんとして、この子のことをちゃんと見てあげないと。

　俺は妹ちゃんに寄り添い、服で汗を拭いてあげてから隣に寝転んだ。この子の体温が感じられて、ちょっと冷え始めた俺の身体を温めてくれる。

「ただいま戻りました」

　疲れてぼーっとしていると、マールちゃんらしき声が聞こえてきた。親父が仕事から帰ってきたときに近い単語から、恐らくは外出していたんだろうと当たりをつける。続いてお袋も入ってきたが、二人は布製の肩掛けカバンをそれぞれ左右にかけていた。カバンはパンパンになっていて、けっこうな大荷物に見えるんだけど……何か買ってきたのかな？

そう思っていると、絨毯に腰を下ろしたお袋がカバンの中から小さな服を取り出した。

「うふふ～、どうかしら～？」

「……おー」

「んにゃ～？」

どこをどう見ても、大人が着る大きさではないそれ。もこもこしていて温かそうな服で、俺達の冬用の服なんだと判る。デザインから見て、たぶん俺のだろう。

マールちゃんも同じように腰を下ろしてから、今度はセーレたん用らしい可愛い服を見せてくれる。

もしかして……二人のカバンの中身って、みんな俺達の服？

その量に喜びつつも、いくらかかったんだろうと考えていると、俺達の顔を見たお袋が小首を傾げた。

「あら～？」

「奥様、どうなさい……あ」

マールちゃんも言葉を途切れさせると、二人で笑いながら立ち上がり、タンスの引き出しを開け始めた。

「あらあら～、いっぱい遊んだのね～」

「ええ、たくさん汗をかいていますね」

セーレたんはさっき俺が整えたんだけどな……って、自分のことをすっかり忘れていた。それにセーレたんだって、いつものキチンとした姿から比べると明らかに髪や着衣が乱れている。一度拭いた汗も、また出てきているしな。

改めて頑張りすぎたかと反省していると、二人が引き出しから出したタオルで俺達の顔や身体を拭いてくれる。

「お風呂はまだ――」

「はい、チャロに――」

聞き取れた内容から、実はお留守番だったらしいチャロちゃんに、マールちゃんがお風呂の支度を頼む話をしているらしい。そういえば、俺達の様子を見に来てくれたのはチャロちゃんだけだったな。アナさんの姿も今日は見ていない。休みの日なんだろう。

マールちゃんが空色のポニーテールを揺らして部屋を出ていくのを見送ると、お袋が一人で世話の続きをしてくれる。さっそく、買ってきた服を着せてくれるようだ。

よーく見るとどれも古着のようなのだが、どうせ赤ん坊はすぐに成長して新しい服が必要になるだろうから、むしろその方が経済的だな。

「うふふふふ～♪」

まるでお人形さんを相手に着せ替えごっこを楽しむ少女のごとく、お袋は楽しそうに服を着せてくれる。デザインはどれもあまりに可愛すぎるのだが、今の俺は赤ん坊なので仕方がない。もっと大きくなれば、俺もカッコイイ服を着られるようになるだろう。具体的にどんなのかは……サッパり見当もつかないが。

俺、服のセンスにはまったく自信ないんだよ……。

「さあ、できたわ～」

「おおー」

「きゃあ～♪」

なかなか肌触りのいい服を着せてもらい、俺もセーレたんも大喜びだ。俺達の姿を見たお袋もたいそう喜んでくれて、お座りしていたところを二人いっぺんに抱き締められた。いつものことながら、横にふたつ並んだクッションの大きさと柔らかさがものスゴイ。

もしもこんなエアバッグが車に搭載されていたら、みんなアクセルを全開にして壁に突っ込んでいくに違いない。……狂気の世界だな。

「ジャスちゃんもセーレちゃんも、お腹すいたでしょう～？」

「うぇっ？」

「あ～ん」

悲惨なのになぜか幸せそうな事故現場を想像していると、お袋がそのエアバッグを自らの手でむにょ～んと持ち上げた。無論、その中身は空気などではなく、俺達への惜しみない愛情や栄養、そして夢などが詰まっている。

「は～い、今あげまちゅからね～」

今日もまた、俺達はお袋の愛情を分けてもらったのであった。

――頭を使いすぎてズキズキするのを、俗に「知恵熱」と呼ぶけど。

本来の知恵熱とは、意味が異なる。

「うぅ……」

身体が鉛のように重く、指を動かすのも億劫《おっくう》だ。頭もぼーっとして、天井がぐにゃぐにゃに歪んで見える。そこに照明の光が合わさって、まるでお椀の中に生卵を割って箸でシャカシャカとかき混ぜたようになっているのが、考えようによっては面白いな。あははー。

……そんな風に考えて、しんどいのをごまかしてるだけなのだが。

だけど幸いなことに、咳《せき》やのどの痛み、鼻水などの症状はほとんどない。高熱だけっぽいな。

となると、これがかの有名な「知恵熱」か……？

「うー……」

うつろな目で波打つ天井を見つめながら、水没でもしたみたいに回転の鈍った頭をなんとか回す。

確か赤ん坊は、離乳食を始めるくらいになると急に熱を出すことがあるんだったか。うろ覚えだが、生まれる前や母乳などを通じて、母親からもらった抗体の効力がその頃に切れ始めるために起こるとか起こらないとか、そんなことを聞いたような覚えがある。……違ったっけ？

「……」

まあ、そんなことはどうでもいい。

問題は他にある。

「きゃぅ……」

俺の隣で、可愛いセーレたんが苦しそうにあえいでいる。顔は熱で赤くなり、とても辛そうに表情を歪めている。

「はっ、はっ……」

セーレたんは浅く早い呼吸を繰り返し、身体の中で渦巻く病魔と必死に戦っている。俺は前世で何度も経験しているからいいけど、この子にとっては初めての高熱だ。どれだけ辛いことか……。

すぐ隣でその姿をを見、息づかいを聞いているだけで、俺の心は高熱なんかよりもはるかに辛く、痛くなる。できれば、この子の熱も俺が引き受けてあげたいが……それは叶わない。

「あぅぅ」

見えない拘束具を引きちぎるように手を動かし、彼女の熱い頬をなでる。セーレちゃん、ごめんな……。

もしかすると、俺がムリをさせたのが原因かもしれない。

「……ぁあ～♪」

それなのに……この子は俺の顔を見ると、少しだけ嬉しそうに顔をほころばせた。本当に、なんていい子なんだろうか。

だからこそ、なおさら俺の心は締めつけられる。まさしく「後悔先に立たず」だ。

「うぅー」

それでも、この子の辛さが少しでも紛らわせることができるのならと、俺はセーレちゃんの身体に触れ、手を握ってあげる。

……やはり、熱い。

「ジャスちゃん、セーレちゃん……大丈夫？」

そんな俺達の顔を、お袋が心配そうに覗き込む。恐らくは今朝だろう、俺達の異変に最初に気づいたのは彼女だった。そのときに、いつものほわ～んとした笑みがみるみる青ざめていったのが、強く目に焼きついている。そして、青白い顔をしながらもつとめて冷静に俺達の症状を確かめてくれていたところにチャロちゃんが来て——そこから、家中が大騒ぎになった。


『たたたたた……タイヘンですううううーーーーー⁉』

まず、大慌てでチャロちゃんがそう叫びながら部屋を出ていくと、間もなく仕事へ行く支度をしていたらしい親父が、ものすごい物音を立てながらなだれ込んできた。

『だっ、大丈夫かあああああああッ⁉』

——半裸状態で。

次にやってきたマールちゃんは比較的冷静だったようで、チャロちゃんと一緒にお湯の入った桶やタオルをなどを持って——きた矢先。

『奥様っ！　ま、まずは、ジャス様とセーレ様のおから……だ——』

半裸の親父を目の当たりにして、顔を真っ赤にして硬直するというアクシデントはあったけど。桶を落とさなくてよかった……。

そしてなんとか持ち直し、お袋とマールちゃんがそのお湯とタオルを使って俺達の身体を拭いて着替えさせてくれた。ちなみに親父とチャロちゃんは、その後ろでわたわたしていた。

『もう、チャロ！　だ、旦那様も……も、もう少し、お静かにっ』

『はうっ！　……ご、ごめんなさい』

『す、すまん……』

それのせいでマールちゃんに注意されてしょんぼりしていたけど、俺は感謝してるよ？　おかげでほっこりできたからな。セーレたんもきょとんとしていて、しばし辛さを忘れていたようだった。ところで、そういうマールちゃんも視線が何度か親父の方に向いていたような……ま、気のせいだったということにしておこう。

それから、俺達の着替えが終わった頃にアナさんが登場。俺達の様子を見ると、すぐにテキパキとみんなに指示を出してくれた。

まずはシャツとパンツだけという格好だった親父を追い出し、しっぽがタワシみたいになっていたチャロちゃんはその場で深呼吸をさせた。更に、不安そうだったお袋には優しく声をかけてから俺達の看病を任せ、アナさん自身もマールちゃんと少し落ち着いてきたチャロちゃんを連れ、いろいろと指示を出しながら三人で部屋を出ていった。

前からすごい人だとは思っていたけど……アナさんって、やっぱりすごい。

――そんなバタバタがあり、今に至っている。

「ジャスちゃん、セーレちゃん、頑張って……」

少し顔色の戻ったお袋が部屋でひとり、水で濡らしたタオルで俺達の顔をそっと拭いたり、おデコに当ててくれたりしてくれている。すーっと熱が取れて、少しだけ楽になる。

とはいえまたすぐに熱くなってくるのだが、お袋は何度も何度もしてくれる。チャロちゃんとマールちゃんも桶の水を交換するなど、こまめに様子を見に来てくれていた。

「ぇへへー」

俺もセーレたんを見習い、笑顔を見せて大丈夫なことをアピールした。お袋とセーレちゃん、両方に向けて。

赤ん坊の身体はそれなりの辛さを訴えてくるけど、前世での病気の経験から、精神的には十分に余裕がある。それに、危機感を覚えるほど深刻な病気だという気はしないので、水分さえしっかり摂っていれば大丈夫だろう――というのが俺の判断だ。その肝心な水分も、ちゃんとお袋に摂らせてもらったしな。セーレたんも俺と一緒に飲んでくれたので、ひと安心だ。

それよりも、もしも俺が原因でセーレちゃんに辛い思いをさせてしまっているのだとしたら……と考える方が、ずっと胸が痛い。

けど、こぼれたミルクを皿に戻すことはできない。だから俺は、セーレたんの手を取って励ましながら、心配してくれるみんなにも笑顔を見せる。

「ぁ～」

「……ふふっ」

そのおかげか、セーレたんもお袋も、ちょっとだけ微笑んでくれた。

熱のせいで時間の感覚がハッキリしないのだが、しばらくしてメイド服に着替えたアナさんが、私服の上から白衣を羽織《はお》ったお医者さんを連れてきてくれた。あれからアナさんの顔を見なかったのは、直接病院まで行っていたんだろう。さすがに電話みたいはモノはないだろうし……。

ちょっと年配でふくよかな感じの女性の先生は、とても慣れた様子で俺達を診察してくれた。いつだったか忘れたけど、けっこう前にも俺達の健康診断をしてくれた覚えがあるので、我が家のかかりつけの先生なのかもしれない。

間もなくチャロちゃんとマールちゃんもやってきて、診察の様子を四人が先生とベビーベッドを囲むようにして見守った。それから診断結果らしき話を、先生が手振りも交えてみんなにしている。ちなみに親父はあれから見ないので、恐らくはそのまま仕事に行ったんじゃないだろうか。

ところで、熱の原因は分かったんだろうか……残念なことに、それらしい単語は聞き取れなかった。しかし、ゆったりとした先生の表情や話し方を見ると、深刻な内容ではなさそうだ。

「ほっ……そうですか」

お袋もメイドさん達も、話を聞き終わると安心したような表情を浮かべていた。それを見て、俺も胸をなで下ろす。

本当によかった……。


「ふー……」

「あぁ～……」

先生が帰った後、俺とセーレたんはスープのような離乳食を食べさせてもらい、しばらく眠った。ちょっと漢方みたいな苦味とニオイがしていたから、きっと薬が入っていたのだろう。セーレたんも気づいたらしくて最初はずいぶんと嫌がっていたが、例によって俺が率先して飲んでみせると、しぶしぶながらも飲んでくれたのでよかった。

次に目覚めると、部屋のカーテンはすっかり暗くなっていた。そして俺の身体もずいぶんと楽になっていた。明かりのついた天井もぐねぐねしていない。

すぐ左側を見てみると、セーレたんの顔色も心なしか良くなっているみたいだった。ゆっくりとお腹を上下させ、安らかな表情で眠っていた。峠は越えたようだな。

ほっとしているとお袋がすぐに顔を出し、俺達のおデコに順番に手を触れた。そして俺と同じように、ほっとため息をついて微笑む。

「よかった……お熱、下がってきたみたいね」

お袋の座っていたソファーには、めくれた毛布が置かれていた。そのすぐ横にある小さなテーブルには、いろいろな看病道具一式が置かれているのも見える。

なお、俺達のいるベビーベッドから見てソファーは左側にあるのだが、反対側には誰も使っていない大人用のベッドもある。毛布はそこから持ってきたようだ。

「……ぁ～」

「おー？」

そのとき、視界の手前でお姫様が目を覚ました。ゆっくりと蒼い目を開け、まだぼんやりとしているみたいだが、俺とお袋の顔を見ると柔らかな笑みを見せてくれる。

「きゃあ～」

疲れているせいかちょっと弱々しいけど、その声には確実に元気が戻っていることが感じられる。

「ジャスちゃんも、セーレちゃんも、よかったわ……」

そう言ってお袋が笑う。セーレたんと同じ蒼い瞳に、少し涙がにじんでいた。ああ、本当によかった。そして……お袋もみんなも、心配してくれてありがとう。

なーんて、ちょっとした感動に浸っていると。

「ジいヤあああーーーースううううーーーーッ!!

セえええええーーーーレえええええええええええーーーーーーーーーーッ!!」

ドタバタと廊下を走る音が近づいてきたなーと思うと、ブチ破らんほどの勢いで部屋のドアが開けられた！　それから俺達の真上から突っ込んでくるように姿を現したのは……制服姿の親父だった。仕事から帰ってきたらしい。

「……っ⁉」

「おおうっ⁉」

しかしあまりの勢いに、セーレたんがびくっと身体を震わせる。キレイなおめめはまん丸で、ビックリしすぎて声が出ていない。

親父はよほど急いできたのか、息づかいがかなり荒い。汗もかいている。そんな顔がベッドの頭の方からクワッ！　と、しかも俺達から見ると上下が逆さまに現れたのだ。

「じゃ、ジャス、セーレ、大丈夫かッ……⁉」

「お、おー……」

「……」

俺もかなりビックリしてバンザイのようなポーズをしていたが、かろうじて返事はできた。でも、セーレたんは微動だにしない。

限界まで目を見開いた赤ん坊兄妹と、碧の目を血走らせた逆さまの親父と視線が交わる。親父はまだ呼吸を荒げている。

大急ぎで飛んで帰ってきてくれた親父には悪いんだけど……ハッキリ言って、怖い。

「…………だはあああぁぁぁぁーーーーーー」

しばらく見つめ合った後、親父はベッドの柵の上に両手を置き、体重をかけるようにして半ば崩れ落ちた。体重がかかり、ギギギっと柵が危うい音を立てる。

顔を上に向けてみると、柵越しに銀色の髪の先っぽだけが見えていた。

「よ、よかったあああああ……！」

し、心配かけたね親父……。でも、それ以上ベッドに体重をかけるのはやめようか？　ミシミシミシって、ベッドの柵がもっと危険な悲鳴を上げ始めたからさー。

しかも、俺の隣ではもうひとつの悲鳴も上がりつつあった。

「ふえっ……」

「あ」

左に目を向けると、セーレたんが可愛いお顔をくちゃくちゃにしている。キレイな蒼い瞳には、宝石のように光る涙が次々と――。

なんとか泣かせまいと、セーレたんに声をかけようとしたそのとき。

「うふふふふふ～」

ベッドの横で硬直していたお袋が、笑った。

それはもう、菩薩《ぼさつ》のような笑みである。

「あ～な～た～？」

お袋に呼ばれ、ベッドの下からゆっくりと頭を上げる親父。

「……ん？」

するとお袋は親父の下へ歩み寄り、白魚のような手を襟《えり》の後ろに入れて――。

「おわあぁッ⁉」

「⁉」

――片手で親父を引っ張り上げた。

「もう、あなた～。ジャスちゃんとセーレちゃんが、びっくりするでしょう～？」

親父はハニワのような顔をして、全身を硬直させている。だけど、それは俺も同じである。

セーレたんも驚いたようで、泣き出す一歩手前の表情で固まっていた。

「ですから、静かにしましょうね～」

自分よりも背の高い親父を見上げ、お袋がにっこりと微笑んでいる。満開の花さえ恥じらいそうな、とても魅力的な微笑みである。

「うふふふ～♪」

「……」

あまりに魅力的すぎて、背中のゾクゾクが止まりません……。

親父もブルリと大きく震えると、引っ張られた前襟で絞まりかかっているように見える首を、無言のまま何度も縦に振り始める。俺も思わず、天使ちゃんに向けて開きかけていた口を真一文字に結んだ。

一方、泣きそうだったセーレたんは。

「きゃあぁ～♪」

ちっちゃなおててを叩いて、とても喜んでいた。

「……お、おぉー」

ま、まあ……取りあえず泣き止んでくれて、なによりだ。

そう思いながら、俺も控えめに手を叩くのだった。

Profile

メイドさん

名前：アナ
性別：♀
年齢：24 歳
身長：たかめ
胸の大きさ：ロッキー山脈
備考：ジャスとセーレの乳母

担当編集から一言!

適度にお母さんっぽさを出してもらうために、後からウエストを気持ち太めに調整してもらいました。太過ぎても細過ぎてもいけない、これぞ黄金比率!

☆第十六話　エピローグ（叫び）

――初めての病気から数日。

俺もセーレたんも、すっかり元気になった。

「きゃあああああ～ん♪」

「あははははははーっ♪」

窓から明るい日射しが降り注ぎ、俺達はベビーベッドの中で仲よく並んで笑っている。部屋の中はとても暖かい。

「ああ～ん」

「あははー」

右へ左へと寝返りを打ち、ときには上になったり下になったりして遊ぶ。病み上がりなのでベッドからはまだ出してもらえないけど、こうして二人でいれば、いくらでも楽しく遊ぶことができる。

周りにはオモチャもいくつか置いてくれてあるしな。

本当に、この子が元気になってくれて良かったよ……。

「あふぁ～……」

しばらく遊んでいると、セーレたんがなんとも可愛らしいあくびをした。それから俺の身体にくっつくと、身体を丸めるようにして目を瞑る。

「……」

次の日になると俺達はかなり元気を取り戻し、みんなもすごく喜んでくれた。つきっきりで徹夜の看病をしてくれたお袋には、特に感謝だ。

でもまだ微熱があったため、その後もお袋とメイドちゃんズとでローテーションを組んで看病してくれた。たとえ昼間の家事の最中であっても、ほんのわずかな時間でもあれば顔を見に来てくれる。庭の方から窓越しに顔を出してくれることもあった。チャロちゃんはジャンプしても、腕と髪の毛しか見えなかったが……。

ちなみに俺が「知恵熱」ではないかと思っている、高熱の原因について。朝にメイドちゃんズが話していた内容を聞いたところ、どうもここ数日の急激な寒さが影響したのではないか、ということらしい。確かに、いきなり冷え込んだもんな……。

とはいえ、トレーニングのしすぎで汗をいっぱいかいたことも無関係ではないだろう。特に夜の、「おやすみ」のキスをもらった後のトレーニングは控えないと。やはり反省すべきだと思った。

この子が辛い思いをするだけじゃない。家族のみんなにも心配をかけてしまう。

ところで、熱を出してからは夜になっても部屋の中がかなり暖かいのだが、もしかするとキッチンにあった例の暖炉を使ってくれているのかな？　こういったところからも、みんながどれだけ俺達のことを気にかけてくれているかがよく分かる。

そうでなくても、普段から食事やお風呂、そしてシモの世話まで……本当に、何から何までやってくれているのだ。しかも、嫌そうな顔ひとつ見せずに。むしろ楽しそうに。

身体の発達を促すためのトレーニングも、それはそれで大事だけど……。なによりも大事なのは、よく食べてよく眠り、元気にすくすくと育つことだからな。

それこそ、この家の——いや。

今の「俺の家族」にできる、いちばん最初の孝行だろう。


季節から考えて、俺もセーレたんも生まれてまだ一年も経っていない……ハズ。それはつまり、この身体は運動能力はもちろんのこと、体調を維持する機能だってまだまだ未発達だということだ。加えて俺達は常に一緒にいるため、どちらかが体調を崩せばもう片方も影響を受けやすい。体力だってそんなにあるワケじゃないんだから、たかが風邪でもこじれたら大変なことになる。

今回は軽く済んだけど、次からは本当に気をつけないと——。

「あふ……」

セーレたんの静かな寝息を聞いていたら、俺もちょっと眠くなってきた……。そういえば、そろそろお昼寝の時間か。もう少ししたら、遠くから鐘の音も聞こえてくるだろう。

生活のリズムが安定してきたおかげで、俺達がいつごろ眠くなっていつごろお腹が空くか、そのタイミングが実際にそうあるべき時間帯とだいたい一致するようになってきた。真夜中にいきなり目を覚ますことも減った。……オネショをしたときは別だが。

「ふうー」

このまま寝てもいい時間なんだけど、もう少しだけ何かしようか。今ではもうつきっきりでの看病もされなくなったけど、完全に体力が戻るまでは身体のトレーニングはしないと決めた。だから最近は、魔力のトレーニングに専念している。どうも、「ナニか」が掴めそうな感じがしているんだよなー。

俺はセーレたんを起こさないように気をつけながら姿勢を正し、仰向けになって目を閉じる。もしそのまま寝ちゃったとしても、それはそれで構わない。

「……」

魔力のトレーニングに関して、つい最近まで俺は「動かざる山」をなんとか動かそうと躍起になっていた。

しかし考えてみると……その「山」って、俺の持つ魔力の「すべて」じゃなかろうか？　つまり、それを動かすということは「全力を振り絞る」こととイコールであり、もしそれができるようになってしまったら、俺の魔力はたちまち空っぽになってしまうというコトだ。

今でもたまにお袋やチャロちゃんが、例の光の球を打ち上げる石を使って見せてくれるけど……どう見たって、アレは全力全開とは程遠い。ていうか、そもそも全力だったら一回打ち上げただけでおしまいである。

なので、今は山全体ではなく、その一部だけをなんとか手から出してみようと努力しているのだ。

ちなみにイメージはトコロテン。

「むー……」

右手を自分の胸に当てるようにし、人差し指を伸ばす。それから、身体中をめぐる魔力を感じ取る。ココまでは慣れたものだ。

次に、その魔力が人差し指の先にもちゃんと流れてきていることを意識する。指先は神経が集まっている場所なので、特にイメージしやすい。しばらく集中を続けると、敏感な指先をなでるように、ちりちりと魔力が流れているのが分かる。……たぶんな？

ココまで来たら、更に次のステップだ。もう少し意識の範囲を広げて、今度は右腕に流れ込んでくる魔力の量を、意識的に増やすようにイメージしていく。手で水をかくように、魔力の流れを指先の方へと誘導する感じで。その一方で、腕から出ていこうとする魔力は押し止《とど》める。

やがて腕の中にドンドン魔力が溜まり……更にもっともっと押し込んでいくと、その魔力は出口を求めて指先に集まってくる。

「……くっ」

指の先に集まった魔力がドンドン凝縮され、ほんの薄皮一枚で閉じ込められている。第一関節から上が、ちょっと熱くなってきている……ような気がする。たぶん錯覚だろうけど。

あとは「あともう一押し」をして、先っぽからぴゅーっと出せるようにすればいいのだ。

「んぐ……」

さあ、出ろ。出るんだじょー！

デロデロデローン！

「……あっ⁉」

指の皮をすり抜け、魔力がほとばしるイメージを思い描く。それを何度も繰り返していると、不意に指先から圧力が抜けた感じがした！

コレはもしや……本当に魔力を身体の外に出すことができた⁉

期待を不安に胸を弾ませながら、恐る恐る目を開けてみると――。

「へっ？」

でろ～ん。


俺の人差し指の先から。

――本当に、「ナニカ」が出ていた。


「おぎゃあああああああああー――――――――っ⁉」

なんじゃあああコリャアアアアアー―――――っ⁉

想像なんかじゃなく、本当にトコロテンみたいな謎の物体が飛び出してるんですけど！

太さと長さは……ちょうど俺の指と同じくらい。赤ん坊の指なので、小さなモノである。

見た目は半透明で、まさしくトコロテンのようにぷるぷるしている。

まるで「ぼくは悪いトコロテンじゃないよ！」と自己主張しているかのようである。

「……」

い、いや、悪いモンだったらマジで困るんですけど……。なにしろ、コイツは俺の中から出てきているんだから。

俺の中の人が邪悪だというコトになってしまう。

「うー」

本当にコレ、俺の魔力なんだろうか？　エクトプラズム的なものじゃなくて？

俺にくっついてすやすやと眠っているセーレたんみたいに、もっとオーラ的なものがドババババーって出てくるものとばかり……。

まさか、イメージ通りに「でろ～ん」と出てくるなんて思ってなかったぞ。

「……ひゃう～？」

俺がちょっと大きな声を出してしまったせいで、セーレたんが起きてしまったようだ。ちっちゃなおててで目をこすり、しょぼしょぼさせている。起こしておいて悪いんだけど、子猫みたいで可愛いなーと思ってしまった。

「ふぁ～？」

そして、そんな子猫ちゃんを微笑ましく眺めていると……。

その蒼く澄みわたった無垢なる瞳が、謎のトコロテンX《エックス》の姿を捉えた。

「……」

ええっと……ど、どうしよう？

トコロテンはぷるぷると震えながら「悪者じゃないよ！」とアピールしているが、どう見たって怪しいことこの上ない――。

「きゃあああ～ん♪」

「……えっ」

しかし、なぜかセーレたんはお気に召したらしい。蒼い瞳を宝石のように輝かせ、トコロテンを生み出している俺の右手を両手で包んだ。

「きゃあ～う！　ひゃあ～ん♪」

なんだか、ものすごーく喜ばれている……。ぷるぷる具合がお気に召したんだろうか？

トコロテンも嬉しいようで、よりいっそうぷるぷると震え始めた。

実は、前から薄々とは感じていたんだけど、この子って。

「……」

ちょーっとばかり、感性にオリジナリティがあるよな……。

お袋と同じで。


「きゃあぁあ～～ん♪」

とびっきりの可愛い笑顔を見せる妹ちゃん。まさしく天使。

きっと、素敵で無敵な女の子に育ってくれるだろう。

「……あは。あははーっ」

俺は、トコロテンと共にぷるぷると震えながら、改めてそう確信したのであった——。

【番外編】おまけショート

☆おまけショート・その一

「チャロ、セーレ様を運んでくれる？」

「はいですー！」

アナさんに言われて、セーレさまをしっかりと抱っこします。

「ふんぬっ！　……お、重く、なりました……ねー」

「きゃあ～♪」

ミルクのにおいをふわふわさせて、わたしの腕の中でセーレ様が嬉しそうにしています。奥さまと同じ色の髪が、とってもキラキラしていてまぶしいくらいです。

それにしても、赤ちゃんって本当に大きくなるのが早いですねー。生まれたての赤ちゃんからお世話するのは初めてだったので、ホントにビックリです。

セーレさまもジャスさまも、おとなしいからいいですけど、そうじゃなかったら怖くて抱っこできないかも。

「……ふうっ」

後ろを向いてすぐのところにあるソファー、だけど私はゆーっくりと動いて、セーレさまをお座りさせます。今がお昼だったら、これだけでも汗が出そう……。

でもその間にアナさんは、ジャスさまを軽～く抱っこして、ベッドをぐるりと周って、わたしとほとんど同時にジャスさまをお座りさせちゃいました。さすがです。

「きゃあぁああ～♪」

「あははー♪」

ぴったりとくっついて、セーレさまとジャスさまが喜んでいます。ホントに仲よしさんですねー。ケンカをしているところを一回も見たことがないのは、双子だからなんでしょうか？

「じゃ、後はお願いね」

「分かりましたー」

アナさんがベッドからお布団などを抱えて、お部屋を出て行きます。今朝のわたしは、おふたりと遊ぶのがお仕事です。

「さあ、なにして遊びましょうかー？」

「ううー？」

「はう～？」

わたしの顔を見て、ジャスさまとセーレさまが同じ方向に首をかしげました！

あまりにカワイすぎて、背中からしっぽに「びびび！」としたモノが走ります。きゃあぁーっ♪

「……こほん。え、えっとー」

逆立ったしっぽの毛を手で直しながら、おふたりの前にひざをついて座ります。わたしの声にそろって目を丸くしているのがまたカワイイんですけど、ちゃんとお世話しないと……。

「あー……」

「ん？」

気がつくと、ジャスさまの碧の目が、わたしの顔から斜め下に動いています。セーレさまは、そんなジャスさまの手を取って一人遊びを始めました。

そういえばジャスさまって、わたしの耳やしっぽじーっと見ていることが多いですよねー。このおうちに亜《あ》人種はわたしだけですから、それが珍しいんでしょうね。

「……」

そこで、つかんだままのしっぽをゆらゆらと動かしてみます。

するとジャスさまも、同じように目で追いかけ始めました。

「んおおーっ」

「……あははっ♪」

同じよーな赤ちゃんはけっこう多いんですけど、ジャスさまは特に追いかけてくれますね！

オモシロイくらいに、まったく目を離しません。

しかも、左右に二、三回動かしていると、セーレさまも気づいて同じように目で追いかけ始めました。

おふたりそろって、まったく同じように目を動かしています。

「ほらー」

右へ動かすと――。

「んぉー」

「あ～」

ジャスさまとセーレさまも、目を右へ。

左へ動かすと――。

「んあー」

「うゅ～？」

やっぱり、左へ。

「……っ!!」

か、カワイすぎるううぅぅぅぅーーーーっ♪

耳がふるえて、止まらないっ！

思わず立ち上がったわたしは、ぶんぶんと振り回しちゃいそうになるしっぽを押さえて、あくまでもゆーっくりと動かします。

「うえーっ」

『……』

上に動かすと、下に。

「したーっ」

『……』

下に動かすと、下に。

「ぐーる、ぐーる」

『……』

ぐるぐる回すと、ジャスさまとセーレさまも目だけを、まったく同じように動かします。

やっぱり双子だから？　みごとに同じ動きです！

逆回転や上下左右を混ぜてみても、やっぱりイッショ。頭をふらふらさせながら、ぴったりと追いかけてくれます。

「あはははは♪」

じゃあ、これはどうですー？

今度は動かすのをやめて、ゆーっくりとしっぽの先を目の前に持っていきます。

そして、おふたりの目がまん中にだんだん寄り始めたところで――。


――いきなり、ビュンっ！


『……!?』

「ぷふーーーーーっ！」

あはははは……っ！　いきなりの動きに、ふたりとも目をまん丸にしてる！　お口も大きく開けて、まったく同じ顔でビックリしてるのがオモシロすぎるうーっ!!

しかも、バランスをくずしてこてんと横に倒れてしまいました。

ビックリした顔のまま、折り重なって。

「……はひっ⁉」

うぎゃっ⁉　お、おかしすぎてお腹が……。

「――チャロ、何してるの？」

「はひっ、はひぃ……」

お腹を押さえてじゅうたんを転がっていると、戻ってきたアナさんにヘンな顔をされてしまいました……。

☆おまけショート・その二

お買い物からの帰り、入り口の門を通ったところでふと立ち止まり、見上げます。

すっかり見慣れた「私達」の家。白壁と青空との対比がとてもきれいで、午後の明るさに目を細めます。

「もう、一年かあ……」

正確にはまだ一年も経っていないけれど、ここへ来るきっかけになったことも考えると、ほぼ一年と言っていいでしょう。

成人前の最後の年。いろいろあるだろうことは分かっていたけれど、まさかこうしてチャロと二人、この都《まち》に来て同じメイド服《ふく》を着ることになるなんて——。

「はぁ……」

きっと間違いなく、私の一生の中でいちばん目まぐるしかった一年になるでしょう。あんなことがあって、奥様にお声をかけていただいて、こっちに引っ越してきて、お二人が生まれて。

……そして、すべてがやっと落ち着いてきたかなと思ったら、もう一年です。

「ふふっ♪」

あんなに死にもの狂いになるほど忙しかったはずなのに、今思い返してみると「楽しかったな」という感想しか出てこなくて、思わず笑ってしまいました。

「あっと……いけない」

青い空に小鳥が横切って、我に返ります。早くこの食材をお届けしないと、夕食が作れません。

肩の買い物かばんを掛け直して、私は「我が家」の玄関に向かって、足を進めます。

中に入ったところ、ちょうど奥様が廊下にいらっしゃいました。とても産後とは思えないほっそりとしたお身体を、長い髪が優しく包み込むようにしてキラキラと輝いています。

未《いま》だに、見とれてしまうことが少なくありません……。

「あっ、奥様、ただ——」

お声をかけようとした私に、奥様はこちらを向いて「しーっ」と人差し指を立てられました。慌てて口を押さえます。

廊下の端で、陽の差す窓を背にしてこっそりと覗いていらっしゃったらしい、ドアの向こう。誰の部屋なのかは、言うまでもありません。

私も音を立てないよう、忍び足で廊下を歩いて近づいていきます。

（お昼寝、ですか）

（ええ～）

静かに微笑み合って、言葉を使わずにお声をかけます。

（ほら、見て～）

そう奥様に誘われて、私は肩のかばんがずり落ちないように気をつけながら、少し腰をかがめてドアの隙間を覗きました。すると奥様も、私の両肩に手を乗せて――。

「……」

背中にもずっしりと柔らかいモノを感じますけど、それについては気にしないことにします。

……いえ。それがすぐ気にならなくなるほど、とっても可愛らしい光景が目に飛び込んできました。

「あ……」

特注の大きなベビーベッドの中で、ジャス様とセーレ様が、ぴったりと寄り添ってお休みになっていたのです。

「……」

「……」

部屋の中は、しんと静まり返っています。離れているので、お二人の寝息も聞こえてきません。

カーテン越しの光を浴びて、赤ちゃん特有の少しだけ赤いお顔と、それぞれ旦那様と奥様の色を受け継いだ髪が、柔らかく光って見えます。

まるで、ここだけゆっくりと時間が流れているようです。

『ふふっ』

思わず漏れてしまった声が、偶然……いえ、必然的に奥様と重なりました。何度見ても飽きることのない、笑みが止まらなくなる光景です。

（気持ちよさそうに寝ているわ）

（はい）

ささやき声で、頭上の奥様と言葉を交わします。

ジャス様は仰向《あおむ》けで、セーレ様は横向きで。兄妹仲良く、笑みを浮かべてすやすやとお休みです。

「んむ……」

お休みといっても、まったく動かないわけではありません。可愛らしい手足がたまにぴくぴく動いて、ジャス様はお口ももごもご動かしていらっしゃいます。

ふふ、何かいい夢でもご覧になっているんでしょうか……。

「にゃうん……♪」

「ふがっ」

くすくすと笑いながら見ていると、セーレ様がジャス様にもっと頭をすり寄せました。

でも、それがお鼻に当たって、ジャス様がビクンとのけ反ってしまいます。

『ぷっ！』

ついつい、奥様と二人で小さく噴き出してしまいました。

「……んんー？」

あーあ、ジャス様がお目覚めになってしまったようです。少し不機嫌そうなお顔で、ゆっくりとまぶたを持ち上げました。

「……」

そして、ジャス様が真っ先にご覧になったのは、セーレ様。

対して、お兄ちゃんに頭突きをしてしまったセーレ様は、何も気づかず、ますます嬉しそうなお顔でお休み中です。

もっと大きくなってもそうですけど……赤ちゃんも、一緒に並べるとしばしば叩き合ったりつかみ合ったりするのが普通です。なのに、このお二人に限っては、そんな「けんか」をしているのを見たことがありません。

私も双子をお世話するのは始めてですが……その中でも、ジャス様とセーレ様は特別なように思います。

今だって、頭突きをされてしまったジャス様は、怒るどころか——。

「……っ⁉」


仰向けのまま、静かに微笑みながら見下ろしたジャス様。

セーレ様に向けたそのまなざしが——あまりにも優しくて。

私の中を、大きな何かが一気に駆け抜け、全身がぞくりと震えてしまいました。


「……」

「——ちゃん、どうかし——」

「……」

「マールちゃん？」

「……えっ？」


奥様に呼ばれていることに気づいて、思わず頭を上げてしまいました。私の後頭部に奥様がぶつからなかったことに気づいたのは……少し経ってからのことです。


「どうかしたの～？」

「あっ、い、いえ……」

急に動いてしまったことに慌ててお詫びしてから、もう一度こっそりとドアの隙間を覗きました。

でもそのときにはもう、ジャス様は再びお休みになった後でした。

「そろそろ、ご飯お支度をしましょうか～」

「……はい」

まるで、奥様やお子様達を見つめるときの旦那様のような、あのまなざし。

セーレ様から感じられる、魔力の大きさにばかり気を取られていた私は。

――ジャス様は将来、きっとセーレ様以上のすごい方になられる。

そう、確信したのです。

兄の不安

そだ★シス4コマ

漫画：こいち

極上のクッション

俺の弱点

あとがき

こ、これがウワサの「あとがき」ですか……。原稿以上に何を書いていいのか困る、という話に間違いはありませんでした。

「いえーい！　みんな見てるうー？」

と、まるでTVの生放送をしているガラス張りのスタジオの向こうで、ピースしている子供のようなことを言ってみます。……だって、何を書いてもイイって言われたしぃー。

みなさん、初めまして。Mie（みー）と申します。ちなみに（ ）の中が読み方となっておりますので、気軽にお呼びいただけると嬉しいです。

世にたくさんある書籍の中で、この本をお手に取ってくださり、本当にありがとうございます。しかも、この「あとがき」まで読んでくださっているなんて、もうみなさんに足を向けて寝られませんね。どっちを向いて寝たらいいんですかーっ！

……お堅い文章が書かれていてもつまらないと思いますので、ちょっと砕けた書き方をしております。ご容赦ください。

ここ数年、「小説家になろう」というウェブサイトに連載されている作品が続々と出版されておりますが、私もその一人です。しかし、その中でもかなり異色な作品を書いている自覚がありましたので、まさかお声がかかるとは夢にも思っておりませんでした。

担当さんと出版者様の、むぼ——あくなきチャレンジャー精神と、感想文までくださった熱意に心を打たれました。

「なろう」の中では、もはや珍しいモノではなくなった「書籍化」ですけど、世間一般的には「自分の書いた作品が出版された！」となれば、それはもう奇跡に近い貴重な経験です。ですので、お金を出して買ってくださったみなさんにはもちろん、私自身もこのレアな経験を思いっきり楽しませていただこうと思い、それはもうフリーダムにやらせていただきました。「なろう版」の改訂ではなく完全な書き直しになっているのは、その筆頭です。

そういった、私のワガママのほとんどを叶えてくださった担当さんと出版者様は、やはりフリーダム精神にあふれていらっしゃいます。もはや私は、立ったまま寝るしかありません。フラミンゴみたいに。

私はとっても楽しかったのですが……ページの向こうにいらっしゃるあなたにも、この作品を楽しんでいただけたでしょうか？　そうであれば嬉しいです。

なお、「いや、まだ読んでないし。俺（私）は先にあとがきから読む派だしぃ」という方は——ここでのネタバレは避けますので、この後で本編をごゆっくりどうぞ。ちなみに犯人は第一発見者です（何の犯人だ？）。

ところで、この作品は「赤ちゃん小説」と銘打たれております。

しかし実際には、他の「転生系」作品では軽〜く流されされがちな乳幼児期から順を追って、主人公達が成人するまでの半生をできるだけじーーーーーっくりと「ノーカット完全版」に近い形で描き切る、というコンセプトです。ちゃんと成長しますのでご安心ください。

「なろう」の連載でも当初は「いつまで乳児なんだー！」というご意見をたくさんいただきましたが、連載四年目（これを書いている時点）となった現在では「あ、そういうものなんだー」「生きてる間に最後まで読めるかなあー」と、悟りの境地に達してくださっています。ありがたいことです。


次巻につきましては、ひとまず二巻までは出させていただけるようです。ウェブと違って商業作品ですから、そこから先は結果次第ということになりますが……。

だからこそフリーダムにやらせていただいたという側面もありますけど、できれば書籍の方でも長く楽しく連載させていただきたいな、と願っております。

二巻では、新しい生活に慣れてきた主人公がイイ感じに暴走を始める予定です。

新しいキャラ（男子、喜べー。かわいい女子だぞー）も登場しますので、よろしければまたよろしくお願いいたします。

最後に、お世話になった多くの方々に感謝を。

まずはウェブ版で応援くださっている読者のみなさんと、連載の場をご提供くださっている運営様。「なろう」がなければ、この作品は生まれませんでした。

次に、出版という機会をくださったＴＯブックス様と担当のルナさん。そのフロンティアスピリッツには脱帽です。

そして、素敵すぎるイラストや「おまけ」を描いていただきましたｄｄａｌさんと、こいちさん。私の想像の中だけだった世界が目に見える形になるというのは、なんともいえない感慨深さがあります。

それだけではなく、製本から流通、それから書店のみなさんまで。考えてみると、実に多くの方々が関わってくださっています。改めて、書籍化ってすごいなーと思いました……。

この次もまた、よろしくお願いいたします。


……ふぅ、これできっちり四ページですね。学生時代の、国語の文章問題の経験がこんなところで活かされました。

ではまた、二巻でお会いできることを楽しみにしています。

二〇一六年　二月某日

私がジャスになって
そしてセフィたちに
面倒をみて
もらいたいですね
-ddal

2巻もじっくり赤ちゃん描写！
トコロテンの正体も明らかに!?
そだ☆シス
[異世界で、かわいい妹そだてます2]
初夏発売予定！

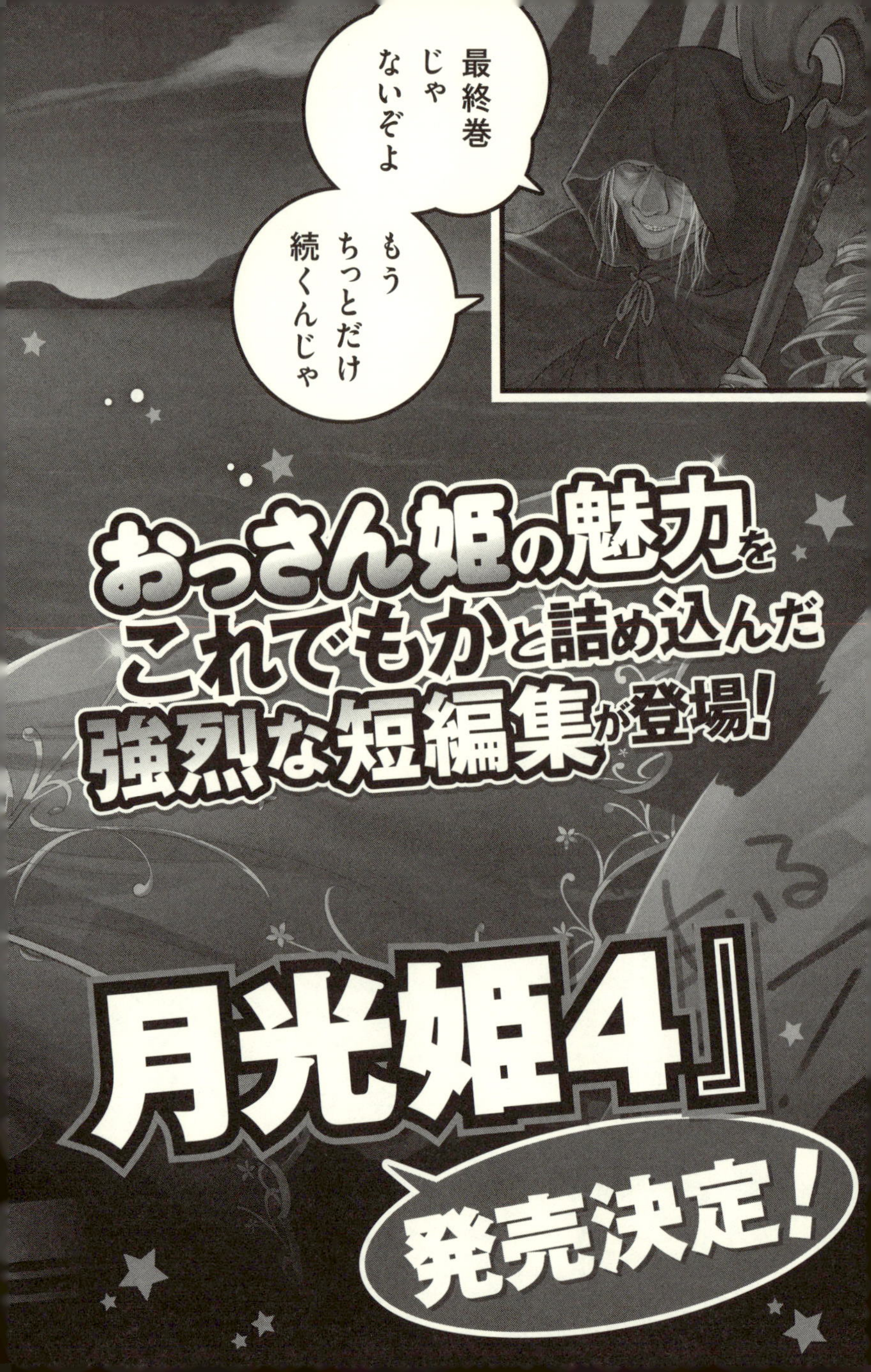
最終巻じゃないぞよ
もうちっとだけ続くんじゃ
おっさん姫の魅力を
これでもかと詰め込んだ
強烈な短編集が登場！
月光姫4』
発売決定！

『夜伽の国の
Umidori Aono 青野海鳥
Illustration miyo.N

そだ☆シス
~異世界で、かわいい妹そだてます~

2016年4月1日　第1刷発行

著　者　Mie(み~)

発行者　深澤晴彦

発行所　TOブックス
〒150-0045
東京都渋谷区神泉町18-8　松濤ハイツ2F
TEL 03-6452-5678(編集)
0120-933-772(営業フリーダイヤル)
FAX 03-6452-5680
ホームページ　http://www.tobooks.jp
メール　info@tobooks.jp

印刷・製本　中央精版印刷株式会社

本書の内容の一部、または全部を無断で複写・複製することは、法律で認められた場合を除き、著作権の侵害となります。

落丁・乱丁本は小社までお送りください。小社送料負担でお取替えいたします。

定価はカバーに記載されています。

ISBN978-4-86472-470-8
©2016 Mie
Printed in Japan